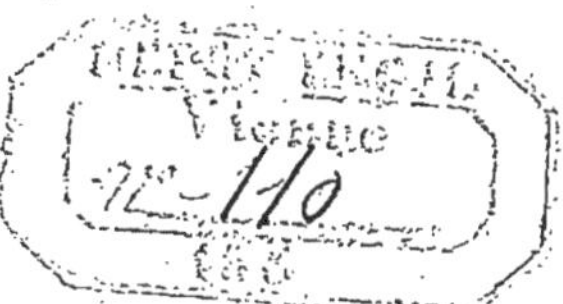

LA

CHANSON DU PAYS

DRAME

Représenté sur le Théâtre de l'Ambigu-Comique
le 12 février 1901

DIRECTION HOLACHE ET G. GRISIER

La
Chanson du Pays

DRAME

EN 5 ACTES, 8 TABLEAUX

PAR

Jules MARY

PARIS
LIBRAIRIE MOLIÈRE
28, RUE RICHELIEU, 28

1901

PERSONNAGES

PÈRE GUILLAUME, aveugle, paysan	MM. HENRY KRAUSS
MICHEL HUBERTAL, partisan	LAROCHE
COMTE DE VAUNOISE, émigré	FONTANES
MARCEAU, adjudant-général	DALTOUR
MARCADIEU, colporteur	MODOT
LE GÉNÉRAL KALKREUTH	J. RENOT
LE LIEUTENANT-COLONEL BEAUREPAIRE	LASSALLE
PHILIPPE HUBERTAL, capitaine	FROMENT
JEAN CARRIÈRE, sergent	CHARLIER
GÉRARD HUBERTAL, partisan	JOURDA
GODEFROY, peintre	LAGRANGE
NESTOR, volontaire	LIEZER
CHALOPIN —	PAUL CANDOL
JOLIBOIS —	CH. HÉMERY
GOTTLIEB, soldat autrichien	OZANNE
LEMOINE, lieutenant-colonel en second	PICARD
ANDRÉ, paysan émigré	ED. VALLOT
FRANTZ, soldat autrichien	LACROIX
DOLIGNAC, tambour-maître	FAVEY
FRICARD, sergent	RAOUL
RENIER } paysans émigrés	DESSOUDEIX
DUCHEMIN } paysans émigrés	GRANGE
LEROY } paysans émigrés	BACQUÉ
UN OFFICIER AUTRICHIEN	GERVAIS
UN FACTIONNAIRE	LUCIEN
UN OFFICIER AUTRICHIEN	TALRAND

PERSONNAGES

MERE GUILLAUME............	Mmes MARIE-LAURENT
MADELEINE HUBERTAL........	ARCHAINBAUD
GEORGET, tambour (travesti).....	GEORGETTE LOYER
MARIE........................	MADELEINE DOLLEY
CATHERINE....................	CÉCILE BARRÉ
DENISE........................	MADELEINE-GRANDJEAN

Soldats prussiens et autrichiens, volontaires français, officiers, émigrés, paysans, paysannes.

Pour la mise en scène s'adresser à M. J. Renot, administrateur, metteur en scène au théâtre de l'Ambigu-Comique.

(La scène se passe en Argonne, en 1792.)

LA CHANSON DU PAYS

1er TABLEAU

LA MAISON DES VIEUX

DÉCOR :

Intérieur de ferme — porte au fond à droite — alcôve avec lit au fond gauche — porte 2e plan gauche — porte 2e plan droite — cheminée rustique 1er plan droite — fauteuils — buffet, etc.

SCÈNE PREMIÈRE

GEORGET, PÈRE GUILLAUME, MARIANNE

GEORGET

Grand-père, je croyais que c'était pour aujourd'hui que tu m'avait promis un tambour, un vrai tambour.

GUILLAUME

Le colporteur Marcadieu est en retard. Pourtant, c'est le jour où il passe.

GEORGET

Je le veux tout de suite, tout de suite, mon tambour !

MARIANNE

Un joli cadeau que tu vas lui faire là. On ne s'entendra plus à la maison.

GUILLAUME

Ne l'empêche pas de s'amuser, c'est de son âge.

GEORGET

Oh! le beau soleil!

GUILLAUME

Dis moi, Georget, est-ce qu'il y a déjà des bourgeons?

GEORGET

Oui, grand-père... partout, et les lilas sont en fleurs.

GUILLAUME

Et notre peuplier, là-bas, est-il toujours fier?

GEORGET

Plus droit que jamais.

GUILLAUME

C'est comme si je le voyais... avec son feuillage de la fin d'avril, léger, comme une semaille de petites feuilles vertes dont il aurait accroché quelques-unes au passage.

GEORGET

Juste, grand'père, et tout au haut...

GUILLAUME

Et tout en haut, pendant cinquante ans, j'ai vu, à pareille époque, se renouveler un nid de geais.

GEORGET, sautant de joie

Il y est, grand-papa, il y est, ton nid de geais.

GUILLAUME

Comprends-tu, petit? Qu'est-ce que cela me fait de ne rien voir, puisque j'ai tes bons yeux de quinze ans qui voient à ma place? Tu me dis les changements, dans la campagne et dans notre forêt d'Argonne... Alors, moi, dans la nuit de mes yeux, je me refais le paysage comme si je voyais tout. Ah!..

jadis il n'y avait pas un homme, d'ici à la frontière, pour se retrouver comme moi dans la forêt !... Si... il faut être juste, il y en avait un : le colporteur Marcadieu, trimballant sa balle de village en village... — Je n'entends pas ta grand'mère?

GEORGET

Elle regarde vers la route, comme si elle était inquiète. (Sur la route) Ah ! grand-père, le voilà, le voilà ! il tourne l'angle du mur, il entre dans la cour !

GUILLAUME

Qui ?

GEORGET

Mon tambour ! mon tambour !

SCÈNE II

LES PRÉCÉDENTS, MARCADIEU

(Marcadieu entre avec sa balle sur le dos, un tambour à la main.)

MARCADIEU

Eh ! Eh ! on m'attendait... Salut, honneur à tous ! Bonjour, père Guillaume !

GUILLAUME

Bonjour, colporteur.

GEORGET

C'est pour moi, dites, Monsieur ?... C'est pour moi ?

MARCADIEU

C'est pour toi, petit.

GUILLAUME

Allons, prends-le et sois heureux !

MARCADIEU

Un instant !... J'ai eu beaucoup de peine à me le procurer... Au prix coûtant, ce sera quinze sous.

MARIANNE

Nous ne sommes pas riches.

MARCADIEU

Sûrement... Même que l'on dit...

MARIANNE bas, montrant l'aveugle.

Colporteur!...

MARCADIEU

Il ne sait rien?... Enfin, je ne peux rien rabattre... Et encore, quinze sous en monnaie, pas en assignats.

GUILLAUME

Donne-les, femme... C'est son rêve, à ce petit...

MARIANNE

Voilà vos quinze sous...

MARCADIEU

Merci... Voilà ton tambour... Il est un peu crevé... sans cela, je ne vous l'aurais pas cédé pour moins d'un écu.

GEORGET, à Marianne, lui sautant au cou.

Tiens, voilà pour tes quinze sous! Tiens, et puis tiens! à Guillaume, même jeu.) Tiens, voilà pour ton tambour, tiens, tiens! Et je te jouerai dessus tous les airs que tu m'as appris, (même la chanson des « Trois Princesses ».

GUILLAUME

Sur ton tambour?

GEORGET

Derrière chez mon père,
Vole, vole, mon cœur vole!

Oui je sais déjà faire la gamme!

GUILLAUME

Ah! Ah! petit drôle! Eh bien, voyons, conduis-moi jusqu'au banc, près du beau peuplier... Allons, es-tu prêt?

GEORGET

Oui.

GUILLAUME

Alors, en avant... arche!

GEORGET

Une, deusse! Une, deusse!

(Il sort en battant du tambour et précède son grand-père, qui se prête en souriant à ce jeu.)

SCÈNE III

MARCADIEU, MARIANNE

MARIANNE

Alors, on dit... ?

MARCADIEU

Que demain, pas plus tard, on posera des affiches, et que votre maison des Islettes, avec tout ce qu'elle contient, sera vendue...

MARIANNE

J'avais cru qu'on nous donnerait du temps pour payer.

MARCADIEU

Pour payer, mère Marianne, faudrait produire, et pour produire, faudrait travailler. Si brave et courageux qu'on soit ici, ça n'est pas l'aveugle qui peut conduire une maison, ni vous à votre âge, ni Georget, qui est un enfant, ni mam'zelle Marie, qui est fragile... — Ainsi Guillaume ne se doute de rien?

MARIANNE

Non, il vit dans sa nuit... il vit dans ses rêves... Marie, seule, connaît notre détresse.

MARCADIEU

Marie! Justement... elle est en âge... Vous manque un homme, ici, pour les travaux... J'en ai un à vous offrir, moi... oui... qu'est pas bien jeune, mais qu'est pas bien vieux... qu'est pas bien beau, mais solide à enlever sur ses épaules une futaille pleine... et qui possède... (Bas) dix milles écus vaillants!

MARIANNE

Vous?

MARCADIEU

Moi?... Voulez-vous tout de suite les mille écus qu'il vous faut?... Je... je... Eh bien, j'aime Marie... quoi!... oui, entendez-vous. Et quand je pense qu'un autre que moi pourrait l'avoir!... Mille écus... et que ça soit dit une fois pour toutes?... Tenez, les voilà, je les ai, et y en a d'autres... Prenez, la mère... et puis, accordez-moi Marie... parce que je... je l'aime, voyez-vous... il me la faut, là, il me la faut!

MARIANNE

Gardez votre argent.

MARCADIEU

Vous me refusez?

MARIANNE

Je n'accepte ni ne refuse. Je ne veux pas vendre Marie...

MARCADIEU

Je l'achète pas... je ne pourrais pas la payer assez cher.

MARIANNE

J'aimerais mieux mendier mon pain que d'obliger cette enfant à se marier à contre-cœur.

MARCADIEU

A contre-cœur... oui, je suis pas beau... mais solide, une futaille ne me fait point peur, je vous en abattrai de la besogne...

MARIANNE

Il court de mauvais bruits sur vous!

MARCADIEU

Encore Madeleine Hubertal qui aura dit des mensonges.

MARIANNE

Madeleine et d'autres.

MARCADIEU

Enfin, réfléchissez... demain, les affiches... dans huit jours la vente... et puis la misère, le petit Georget qui criera de froid... et l'aveugle... l'aveugle, si heureux de ne rien savoir, et Marie, si gentille... Moi, j'ai dix mille écus... dix mille! Ah! ce que j'ai sué toute ma vie, à porter ma balle pour les ramasser, un par un, dix par dix, cent par cent! Prenez-les... pour Marie, pour Marie... J'en dors plus!

MARIANNE

Je consulterai Marie... et je la laisserai libre, sans lui dire que notre bonheur dépend de sa volonté.

MARCADIEU

C'est ça, ne lui dites pas... (A part). Je lui dirai, moi.

MARIANNE

N'ayez pas d'illusions.

MARCADIEU

A savoir... à savoir... Y en a-t-il deux, d'ici à la frontière qui enlèveraient une futaille pleine à bout de bras? Non!... Alors, c'est bon, c'est bon... je reviendrai dans un quart d'heure chercher la réponse.

SCÈNE IV

MARCADIEU, MARIANNE, GEORGET

GEORGET, entrant, battant du tambour

Ran tan plan, tire lire
On va leur percer les flancs!

MARCADIEU

Hé, hé, petit, sonne-t-il bien, ton tambour?

GEORGET

Oh! oui, Monsieur, écoutez...

MARCADIEU

Bravo ! Entends-moi bien... je voudrais te demander...

GEORGET

Quoi, Monsieur ?
(Il bat très fort.)

MARCADIEU

Pas si fort ! Je veux pas crier sur les toits. (Georget bat en sourdine.) Ta sœur Marie, elle me connaît pas, vrai ?

GEORGET

Qui est-ce qui ne vous connaît pas ?

MARCADIEU

Elle te parle de moi, quelquefois ?
(Il charge sa balle.)

GEORGET

Non ! — ah ! si !... Un jour, vous étiez venu nous vendre des bas et un bonnet pour grand'mère... Et vous ne partiez pas... vous trouviez un tas de prétextes pour rester...

MARCADIEU

Elle s'en est aperçue ?

GEORGET

Je crois bien !... Vous la regardiez en roulant des yeux ronds comme des pommes... Comme ça, tenez !

MARCADIEU

Ah ! Ah ! ce gamin !... Et puis ? Quand j'ai été parti ?

GEORGET

Marie a tant ri, tant ri, qu'on a cru qu'elle allait se trouver mal !...

MARCADIEU

Ah ! Et puis ? Elle n'a rien dit ?

GEORGET

Elle m'a dit : « Le colporteur, c'est un vieux qui sent le roussi ! »

MARCADIEU

Roussi ! Un vieux roussi ! — Et puis ?

GEORGET

Et puis que vous deviez voir plus clair la nuit que le jour... et puis que vous aviez des doigts crochus... et puis encore...

MARCADIEU

C'est bon, petit, c'est bon !... Enfin, à savoir, à savoir... A tout à l'heure.

(Il sort.)

SCÈNE V

MARIANE, GEORGET, GUILLAUME, puis MARIE, puis GÉRARD, MICHEL, GODEFROY, JOLIBOIS

GUILLAUME

Marie ne rentre pas. S'il lui était arrivé malheur ?

MARIANNE

C'est la dernière fois que je la laisse aller seule au marché des Islettes.

GUILLAUME

Et tu auras raison... L'an dernier encore, quand le père et la mère de ces pauvres orphelins vivaient, ils ne les laissaient point sortir sans être accompagnés; à plus forte raison, aujourd'hui, où la campagne est pleine de bandits !

MARIANNE

Il y a deux jours, on a incendié trois maisons à La Chalade.

GUILLAUME

Une à la Croix-aux-Bois.

GEORGET

Une à Grandpré.

MARIANNE

Et ce qui m'étonne, c'est que le château de Claon, au comte de Vaunoise, à une heure d'ici, n'ait pas eu le même sort...

GUILLAUME

Le comte de Vaunoise est si pauvre !

MARIANNE

Triste ! Triste ! (Retournant à la route.) Mon Dieu ! que je suis inquiète ! (Avec un cri) Ah ! Marie ! Marie ! Enfin !... (Marie entre.)

MARIE, en désordre

Ah ! les misérables ! les misérables !

MARIANNE

Mon enfant, qu'est-il arrivé ?

MARIE

Je revenais par la forêt, lorsque j'ai rencontré une de ces bandes d'incendiaires, rôdeurs de frontières, vagabonds de tous les pays ; j'ai voulu fuir, ils se sont jetés sur moi... E ils m'eussent entraînée, sans la protection de ceux-là, grand-père, qui te tendent leurs mains...

GUILLAUME

Tes sauveurs !

MARIE

Michel et Gérard...

GUILLAUME

Merci, jeunes gens. Ce n'est pas d'aujourd'hui que je sais combien les fils de notre voisin Hubertal sont braves...

MARIANNE

Leur mère sera aussi heureuse que nous du service qu'ils nous ont rendu...

MICHEL

Nous n'étions pas seuls, Marianne.

MARIANNE

Qui donc ?...

GÉRARD

Deux vigoureux compagnons que nous avons amenés de force et qui nous ont aidés dans cette besogne.

GODEFROY

Godefroy, peintre parisien, élève de David, et Jolibois, élève de Godefroy... Nous prenions un croquis dans la forêt lorsque nous avons entendu la bagarre...

JOLIBOIS

Alors, le patron me dit : Tapons ferme !... J'ai tapé, même que je l'ai été aussi, tapé, et qu'en une seconde j'ai fait une étude de la perspective, des plans, des valeurs, de trente-six chandelles et des ombres. Surtout des ombres.

(Il découvre son œil noir.)

GEORGET

C'est un peintre célèbre ?

JOLIBOIS

Mon maître est l'inventeur de la peinture où n'entre jamais la couleur jaune.

GEORGET, à Godefroy

Combien en avez-vous tué ?

GODEFROY, riant

Cinq ou six !

GEORGET

Seulement ?

JOLIBOIS

Chacun !

GEORGET

A la bonne heure !

GUILLAUME

L'aveugle vous remercie et ne vous oubliera jamais !

JOLIBOIS

Et nous de même, citoyen.

GODEFROY

A notre travail, Jolibois. A défaut de bonne peinture... vous aurez fait une bonne action.

GEORGET, devant eux

Attention ! Vous y êtes ? En avant, marche ! Une, deuss ! Une, deuss !

(Ils sortent.)

GUILLAUME

Marie, viens, mon enfant... Tu as besoin de calme... viens...
(Ils sortent.)

GÉRARD

Mère Marianne ?...

MARIANNE

Gérard ?...

GÉRARD

Tout à l'heure, lorsque Marie sera remise, permettez-lui de venir auprès de nous... seule...

MARIANNE

Seule ?

GÉRARD

Ne refusez pas, Marianne.

MARIANNE

Pourquoi refuserais-je ? N'est-elle pas votre compagne d'enfance, un peu votre sœur ?... A tout à l'heure, mes enfants... à tout à l'heure.

(Elle sort.)

SCÈNE VI

MICHEL, GÉRARD

GÉRARD

Frère, pourquoi suis-je si faible ? Pourquoi mes forces sont-elles toujours au-dessous de mon courage ? Tout à l'heure je me précipite au secours de Marie, et j'étais perdu avec elle ... impuissant à la défendre... lorsque soudain te voilà, si robuste, si vaillant, si méprisant de tout danger... te voilà comme un tourbillon qui passe sur ces bandits et les renverse ... Ah ! comme je t'envie d'être fort, frère... moi qui aurais tant voulu qu'elle me doive la vie... Car je ne te l'ai jamais dit... je l'aime !!

MICHEL, avec un brusque mouvement

Tu l'aimes ?

GÉRARD

Depuis longtemps, depuis toujours...

MICHEL, gêné

Et... Marie ?...

GÉRARD

Elle paraît heureuse toutes les fois que nous nous rencontrons. Alors elle s'arrête... elle vient à moi... me sourit... et son sourire me donne du bonheur jusqu'au jour où je la revois de nouveau.

MICHEL

Elle t'aime ?... Elle te l'a dit ?

GÉRARD

Non, mais souvent, ne devine-t-on pas ? Et ainsi deviné, l'amour n'est-il pas plus doux que l'aveu même ?

MICHEL

Elle ne te l'a pas dit ?

GÉRARD

Non, mais ses mains tremblent dans les miennes, et sa voix est si douce parfois...

MICHEL, à part

Est-ce donc lui qu'elle aime ?

GÉRARD

Alors je ne peux plus vivre seulement avec cette espérance, qui est aussi une incertitude, et j'attends de toi, frère, j'attends de ton affection que tu lui parles.

MICHEL

Tu veux ?...

GÉRARD

Je veux savoir, je veux être sûr, et je n'ose...

MICHEL

Tu veux que ce soit moi ?...

GÉRARD

Oui, plutôt que notre père, que notre mère. — Toi qui, toujours, m'as protégé, toi qui, toujours, as pris sur ta force la part qui me revenait dans nos durs travaux...

MICHEL

Mais pourquoi ?

GÉRARD

Parce que je veux, si elle te dit oui, que tu sois heureux le premier du bonheur que tu m'apporteras... Tu veux bien, frère ?

MICHEL, d'une voix altérée

Je veux bien...

GÉRARD

Tu vas la voir... Dis-lui, préviens-la... Tu me le promets n'est-ce pas, Michel ?

MICHEL, très ému

Je te le promets.

GÉRARD

Comme tu as l'air troublé !

MICHEL

Ne s'agit-il pas de ton bonheur ? (A part) De sa vie, peut-être !

GÉRARD

La voici... Plaide bien ma cause, frère. Plaide bien... (Il sort.)

SCÈNE VII

MICHEL, MARIE, entrant

MICHEL, à part.

Tout petit, quand les enfants le battaient, il accourait vers moi et me criait : « Défends-moi, grand frère ! » Je l'ai défendu contre les autres... ne sachant guère qu'un jour j'aurais à le défendre contre moi.

(Marie est entrée.)

MARIE

Pourquoi Gérard s'éloigne-t-il ?

MICHEL

Il a peur de vous.

MARIE

Aujourd'hui, alors ? car jamais je ne me suis aperçue...

MICHEL

Si grand'peur qu'il n'ose vous interroger...

MARIE, souriant

M'interroger ?

MICHEL

Oui, et c'est moi qu'il en a prié.

MARIE, comme inquiète

Que veut-il me demander ?

MICHEL

Vous ne le soupçonnez pas ?

MARIE

Non.

MICHEL

Marie... mon frère vous aime.

MARIE

Ah !

(Elle paraît très troublée.)

MICHEL

Depuis longtemps, m'a-t-il dit, depuis toujours !...

MARIE, à part

Moi aussi, j'aime.

MICHEL

Vous savez combien son enfance a été pénible et maladive ... Le malheur l'aurait vite abattu...

MARIE

J'ai grandi entre vous deux et j'ai pour lui l'affection d'une sœur...

MICHEL

Lui... me disait son amour...

MARIE

N'avez-vous nul regret, Michel, de me parler ainsi ?

MICHEL

Marie, si vous saviez quelle est sa confiance en moi ! Il me semble que je suis un peu son père tant je me le rappelle pendu à mon bras, les yeux dans les miens, ses larmes cherchant mes larmes d'enfant, et jamais ne souriant que lorsqu'il me voyait sourire.

MARIE

Ainsi, Michel, pas un regret ?

MICHEL

Je pense au bonheur de Gérard.

MARIE

Et mon bonheur à moi ?

MICHEL, ému

Marie !!... (Silence. — Puis se remettant). Si vous l'aviez vu se jeter, si faible, parmi les misérables qui vous entraînaient !

MARIE, à part

Ah ! ce n'est pas lui que je regardais !!

MICHEL

Si vous l'aviez vu, les yeux étincelants, la rage et l'amour et la terreur aussi — la terreur pour vous — lui donnant des forces... Ah ! Marie... ne repoussez pas cet amour qu'il vous offre... si grand, Marie, qu'il vous fera bientôt oublier tous les autres souvenirs.

MARIE

Michel, ce que vous me demandez est au-dessus de mon courage.

MICHEL

Le voici !... Laissez-lui du moins une espérance...

SCÈNE VIII

LES PRÉCÉDENTS, GÉRARD, GEORGET, puis MARCADIEU, MÈRE GUILLAUME.

GÉRARD

Marie !... Marie, mon frère vous a tout dit ?

MARIE

Gérard, je ne puis avoir et n'aurai jamais d'autre volonté que celle de mes grands-parents.

MARCADIEU

Bien parlé ! Voilà ce que les filles devraient toujours répondre. — Excusez si je tombe comme ça sans crier gare... c'est que moi aussi j'ai idée à votre sujet...

MARIE

Vous ?

MARCADIEU, bas

Si vous dites non, dans huit jours les deux vieux mendieront aux portes, je vous le jure.

MARIE

Ah ! grand-mère !
(Elle s'élance vers Marianne qui entre.)

GEORGET

C'est vrai qu'il a des doigts crochus.

MARCADIEU

Mère Marianne, le moment est venu de se prononcer... et justement vous n'avez que l'embarras du choix. En voilà deux qui ne diraient pas non si on la leur donnait... et moi, ça fait trois, faut choisir.

GÉRARD

Ce vieil oiseau ?

MARCADIEU

Doucement, doucement... Tout ça peut se passer en famille ... et je vous crains point.

MICHEL

Va-t-en d'ici, misérable !

MARCADIEU

Je vous conseille point de frapper, là, non, foi de Marcadieu je vous casse en deux... (Marianne s'interpose) comme ce bâton !

MARIE

Grand'mère, est-ce donc vrai, ce qu'il m'a dit ?

MARIANNE

Hélas, oui !

MARIE

Mon Dieu !

MARCADIEU

C'est pis qu'une fille de roi... tout le monde l'adore... cette gentille Marie... Comment qu'on ferait autrement, dites, rien qu'à la voir et rien qu'a l'entendre ?... Alors, moi aussi j'ai été pris comme les autres... Je n'ai point de grands avantages de beauté... c'est reconnu... mai j'ai dix mille écus... et un bon cœur, un bien bon cœur...

GEORGET

Vieux roussi !

MARCADIEU

Hein !!

MARIE

Cet homme me fait peur !

MARCADIEU

Elle ne dit point non, vous voyez !

MARIANNE

Refuse.

MARIE

Et si je refuse ?

MARIANNE

Ton grand'père en mourrait, s'il apprenait que tu t'es sacrifiée pour lui...

GÉRARD

Marie... vous hésitez ?...

MARCADIEU

Elle ne dit point oui, non plus !

MARIANNE

Refuse.

MARIE

Ah ! maman, si je n'écoutais que mon cœur...

SCÈNE IX

LES PRÉCÉDENTS, MADELEINE, HUBERTAL

MADELEINE

Si tu n'écoutais que ton cœur, ma chère enfant, c'est un de mes fils que tu choisirais, n'est-ce pas?

MARCADIEU, très vite.

Madeleine Hubertal.

MARIE

Oh ! Madame... sauvez-moi... sauvez-nous !

HUBERTAL

De quel danger?

GEORGET

Du danger de s'appeler Mme la Chouette, puisqu'elle épouserait un vieux hibou...

MADELEINE

Toi!...

MARCADIEU

Après?... Ça vous regarde-t-il? J'ai un bon cœur, moi, on ne sait pas le cœur que j'ai!

HUBERTAL

Je comprends.... Hier, à Verdun... les gens de loi m'ont appris cette détresse que vous cachez avec tant de fierté...

MARIANNE

Hubertal, Guillaume pourrait entendre...

MADELEINE

La cacher à Guillaume, c'était une bonne action, mais l'avoir laissé ignorer à vos amis, Marianne, c'était de l'orgueil... Il vous manque mille écus pour être libre de tout souci... C'est tout ce que nous possédons... Je vous les apporte...

MARIANNE

Oh! mes amis, nous serions morts de faim, car jamais Marie n'eût épousé cet homme...

MADELEINE

L'épouser! Lui!

HUBERTAL

Usurier, voleur, et...

MARCADIEU, violent, l'interrompant

Hubertal!

MADELEINE, bas

Veux-tu que mon mari et moi nous lui disions qu'il y a un an nous t'avons surpris enlevant de l'église l'argent des pauvres... près du cadavre d'un prêtre?

MARCADIEU

Non, non... pas devant elle, là, pas devant elle, je vous en prie...

MADELEINE, montrant la porte

Alors!...

MARCADIEU

J'aime cette fille... C'est une querelle à mort entre nous trois, vous entendez bien, à mort, si vous m'empêchez de l'avoir!

HUBERTAL

Tu ne l'épouseras jamais.

MADELEINE

Tant que nous vivrons, tu ne l'auras pas!

MARCADIEU

Tant que vous vivrez?... Par ces temps de misère, sait-on qui vit ou qui meurt? J'attendrai!

MADELEINE

Va-t-en!

MARCADIEU

Mam'zelle Marie, c'est pour vous faire des excuses... quoique, quand le cœur parle, on ne raisonne plus, pas vrai?... Et il parlait... Que c'est une souffrance d'y renoncer, et que... et que... (Bas). Je vois rouge... je vois rouge... (Se remettant.) Non, je ne veux pas me fâcher... patience!... patience!...

MARIE

Monsieur Marcadieu, je ne vous en veux pas...

MARCADIEU

Si douce!... Si jolie!... Et c'est un autre qui l'aurait?... Ah!...

HUBERTAL

Va-t-en!

MARCADIEU

Je m'en vais... ben triste tout de même... Je sais bien... je suis plus tout à fait une jeunesse... je suis pas beau... mais j'avais un bon cœur... et puis... et puis solide...

GEORGET

C'est-il vrai que vous enlevez une futaille pleine, colporteur?

MARCADIEU

Oui, c'est vrai... mais je suis doux comme un agneau et j'en veux à personne... et ceux qu'auront besoin de Marcadieu, le trouveront toujours... toujours.

MICHEL

Bon apôtre !

MARCADIEU, *sortant*

Je vois rouge ! Je vois rouge ! !

SCÈNE X

LES PRÉCÉDENTS, moins MARCADIEU

GÉRARD

Mon père, j'allais demander à Marie si elle voulait porter mon nom, bien sûr que vous ne refuseriez pas...

HUBERTAL

Hélas! je refuse...

GÉRARD

Mon père...

HUBERTAL

Il ne s'agit plus ici d'amour ni de mariage... A Verdun, j'ai appris de graves nouvelles. La guerre est déclarée. Les garnisons de la frontière sont renforcées, et à Verdun l'on attend le bataillon de Mayenne-et-Loire, qui fera halte ici tout à l'heure.

GEORGET

Je cours au devant de lui... moi !

(Il sort en courant.)

MADELEINE

La guerre ! Si près !... si près de nous !...

MARIANNE

Que Dieu nous préserve de voir les étrangers dans notre maison.

HUBERTAL

Tout ce qui reste d'hommes valides dans les villages va partir pour la frontière... Ma chère petite... je ne veux même pas savoir quel est celui de mes deux fils que vous aimez... L'un sera votre mari... l'autre votre frère... Priez pour tous les deux !...

MICHEL

Ecoutez...

(On entend le tambour et le fifre.)

MADELEINE

La guerre, Marianne !...

(Elles se serrent l'une contre l'autre.)

MARIANNE

La guerre maudite !

HUBERTAL

Oui, maudite, cent fois maudite... Mais lorsqu'elle défend le foyer, lorsqu'elle éclate contre l'Injustice et combat pour le Droit, la guerre sainte, Marianne, la guerre sacrée !

2e TABLEAU

DEVANT LA FERME

SCÈNE PREMIÈRE

BEAUREPAIRE, NESTOR, MICHEL, GÉRARD, LEMOINE, FRICARD, DOLIGNAC, CHALOPIN, VOLONTAIRES, ANDRÉ, RÉVEILLOT, HUBERTAL, CARRIÈRE, GEORGET.

GEORGET, accourant.

Les soldats! Les soldats!

(Entrée du bataillon de Maine-et-Loire, tambours et fifres. Equipement complet. Les vêtements sont souillés seulement par la route et pleins de poussière. A leur coiffure les hommes portent en grand nombre la cuiller et la fourchette.

BEAUREPAIRE

Bataillon... halte!... Front!

ANDRÉ, entrant

Des dépêches venant de Paris pour le lieutenant-colonel Beaurepaire.

BEAUREPAIRE

Merci! (Il les parcourt.)

(Les hommes causent.)

LEMOINE

Silence dans les rangs!

BEAUREPAIRE

Bonnes nouvelles... Une distribution...

LES VOLONTAIRES

Ah! Ah!

CHALOPIN

Moi qui ai une soif...

BEAUREPAIRE

... Une distribution de fusils sera faite à la 4e compagnie dont l'armement n'est pas au complet. De Châlons, l'on m'envoie des cartouchières et des culottes...
(Il feuillette.)

FRICARD

Des culottes ? Pourquoi faire ?

DOLIGNAC

Vive la Nation ! Je ne connais que ça !

CHALOPIN

Oui, vieux, avec un peu plus de beurre.

BEAUREPAIRE

A votre départ d'Angers pour Le Croisic, vous portiez les parements blancs... Par décret, vous avez dû les remplacer par des parements rouges. Deux jours avant votre départ pour Verdun, j'ai reçu l'ordre de remettre les parements rouges en blanc. Le ministre m'écrit aujourd'hui que décidément il s'arrête aux parements...

DES SOLDATS, riant

Blancs !

D'AUTRES, riant

Rouges !

BEAUREPAIRE

... s'arrête aux parements blancs.
(Les volontaires se mettent à rire.)

DOLIGNAC

Tout le temps la même chose !

CHALOPIN

Et dans cent ans ce sera encore comme ça, vous verrez, vous verrez !

NESTOR, haussant les épaules

Enfin, respect aux chefs !

LEMOINE

Silence dans les rangs !

(Des paysans entrent.)

(Beaurepaire fait un signe aux tambours. Les tambours battent.)

BEAUREPAIRE, aux paysans massés près de lui

Le département me donne l'ordre de recevoir des enrôlements. Les enrôlés auront à élire un capitaine et un sergent. Je vais faire ouvrir des registres à la Municipalité... Mes amis, la guerre est à votre porte... (Son chapeau en l'air) pour vos filles, vos femmes, vos mères à protéger...

(Vive agitation silencieuse).

HUBERTAL, simple

Colonel, les gens de chez nous ne font pas grandes phrases..

(Tous entourent Beaurepaire ému et lui tendent les mains.)

MICHEL, à Beaurepaire.

Beaucoup, parmi les forestiers, ne rejoindront pas l'armée. ... Mon frère et moi nous les organiserons...

BEAUREPAIRE

Bien, je compte sur vous.

CARRIÈRE

Colonel, me reconnaissez-vous ?... Ancien sergent aux carabiniers...

BEAUREPAIRE

Oui, tu t'appelles Carrière... tu étais la plus mauvaise tête de mon régiment...

CARRIÈRE

Qualités et défauts, je vous offre le tout sur l'autel de la Nation... (Bas) si vous me promettez votre influence pour le grade de capitaine...

BEAUREPAIRE

Ni pour, ni contre. Tu étais trop mauvais soldat !

CARRIÈRE

Je n'ai pas peur de la mort.

BEAUREPAIRE, haussant les épaules

Le mépris de la mort est la dernière des qualités que l'on exige d'un officier.

CARRIÈRE

Et la première?

BEAUREPAIRE

La discipline.
(Il sort.)

LEMOINE

Rompez vos rangs!

LES PAYSANS

Hubertal, veux-tu être capitaine?

HUBERTAL, riant

Moi? Je n'ai jamais tenu que la faulx et la charrue...

UN PAYSAN

Allons voter... nous discuterons en chemin.
(Ils sortent.)

SCÈNE II

LES VOLONTAIRES, CARRIÈRE, MARCADIEU

MARCADIEU

Carrière, tu as envie d'être officier?

CARRIÈRE

Oui, mais je n'ai guère de chances...

MARCADIEU

Oh! si je voulais! Il n'y en a pas un parmi ceux-là — et toi le premier — qui ne me doive de l'argent... Je n'aurais qu'à dire un mot...

CARRIÈRE

Dites-le... A la guerre, il y a quelquefois des petits profits... Je vous rembourserai...

MARCADIEU

Mieux que ça... Je te fais capitaine, je te donne quittance... et cent écus comptant.

CARRIÈRE

Pour?...

MARCADIEU

Hubertal est violent... Sous les armes une querelle arrive vite, et la cour martiale... ça ne pardonne guère...

CARRIÈRE

Vous êtes une fière canaille...

MARCADIEU

Alors?...

CARRIÈRE

Viens me recruter des voix.
(Ils sortent.)

SCÈNE III

LES VOLONTAIRES, GEORGET

GEORGET

Est-ce que c'est difficile de se battre?

CHALOPIN

Es-tu brave?

GEORGET

Je ne sais pas, je n'ai jamais essayé...

CHALOPIN

Si on voulait insulter ta vieille mère?...

GEORGET

On me tuerait plutôt!

CHALOPIN

Eh bien, tu es brave.

GEORGET, à Fricard

Qu'est-ce que l'on sent quand les bombes enlèvent comme ça les hommes autour de vous?

FRICARD

On sent les coudes à droite...

GEORGET

Ah! (A Merlot). Et pour arriver à être général, qu'est-ce qu'il faut faire?

FRICARD

Essayer de se faire tuer, toujours.

DOLIGNAC

Et ne jamais réussir.

SCÈNE IV

LES PRÉCÉDENTS, GODEFROY, JOLIBOIS, puis BEAUREPAIRE, CARRIÈRE, HUBERTAL, PAYSANS, LEMOINE, puis MARCADIEU

GODEFROY

Jolibois, vous voici équipé à mes frais.

JOLIBOIS

Et d'un solide...

GODEFROY

Je vous suivrai pendant la campagne... Trop vieux pour m'engager, je vous engage à ma place. Venez ici... On voit un peu trop les coutures...

(Il les repeint.)

JOLIBOIS

S'il vous plaît, patron, un petit coup à mon chapeau!

GODEFROY

Vous veillerez sur votre uniforme.

JOLIBOIS

Je crois bien! Il ne demande qu'à s'en aller!!

GODEFROY

Voilà!

(Il recule pour regarder.)

JOLIBOIS

Au coude, patron, un petit coup sur la doublure. Patron, vous voilà passé peintre militaire... merci, il n'y a qu'au fusil qu'il ne manque rien... Maintenant. c'est tout neuf.

(On entend le tambour.)

CHALOPIN

Voilà le colonel, les élections sont terminées.

(Entrée générale en tumulte.)

LEMOINE

A vos rangs !

NESTOR, haussant les épaules

C'est pour les nouveaux chefs...

LEMOINE

Portez armes ! Présentez... armes !

BEAUREPAIRE

Voici le résultat du scrutin, toutes les formalités ayant été observées...

NESTOR, haussant les épaules

Si ça ne fait pas pleurer !

BEAUREPAIRE

Pour le grade de capitaine : a obtenu l'unanimité moins deux voix, Philippe Hubertal.

HUBERTAL, très ému

Moi ? Moi ?

(Violente émotion de Carrière.)

LES PAYSANS

Bravo ! Bravo !

BEAUREPAIRE

Pour le grade de sergent : à la majorité d'une voix : Carrière.

LES PAYSANS

Ah! Ah! Enfoncé le père Marcadieu!
(Rires.)

DOLIGNAC

Vive la Nation! Je ne connais que ça, moi!

MARCADIEU

Ils m'ont joué, ils me le paieront!

HUBERTAL, très ému

Ah! mes amis, mes amis, je ferai mon devoir, toujours, je vous le jure!

CARRIÈRE

Tu saurais mieux charger un chariot de fumier que commander un « par file à droite! ».

HUBERTAL

J'avais voté pour toi!

CARRIÈRE

Et moi, je te hais, entends-tu? Je te hais!!

BEAUREPAIRE, qui a entendu

(Roulement de tambour. — A Carrière) Sergent, lisez!

CARRIÈRE, lisant :

« Par décret de l'Assemblée : toute infraction grave à la
« discipline sera punie de mort. Toute tentative de révolte
« ou de désordre sera punie de mort. Toute insulte à un su-
« périeur sera punie de mort. »

BAEUREPAIRE, à Carrière et à Hubertal

Donnez-vous la main.
(Jeu de scène.)

LEMOINE

Portez... armes! — Reposez... armes!

MARCADIEU, à Carrière

Le marché tient-il quand même?

CARRIÈRE

En sous-ordre, ce sera plus difficile.

MARCADIEU

Cent écus de plus.

CARRIÈRE

Soit... on verra...
(Il sort.)

SCÈNE V

LES PRÉCÉDENTS, GUILLAUME, ANDRÉ, D CHEMIN, MARIE, MICHEL, GÉRARD, MARIANNE.

(On entend dans la coulisse, mais encore assez loin, un grand tumulte.)

BEAUREPAIRE

Qu'est-ce que ces cris ?...

MARIE, rentrant

C'est la bande de vagabonds qui accourt. Protégez-nous contre eux, Monsieur !

BEAUREPAIRE

Eh bien, quoi ? Que veulent-ils ?

ANDRÉ

Pardieu, faire ce qu'ils ont fait partout : incendier les maisons, violenter les filles, tuer les paysans, pendre les nobles.

DUCHEMIN

Et cela au nom de la Nation...

HUBERTAL, violent

Qu'ils déshonorent !

ANDRÉ

Et de la Liberté !

BEAUREPAIRE, violent

Qu'ils outragent ! !

(Le tumulte se rapproche.)

MICHEL, entrant

Ils ont saccagé le château de Claon.

GÉRARD, entrant

Ils emmènent le comte de Vaunoise.

BEAUREPAIRE, froidement

Lemoine, faites barrer la route.

(Un mouvement exécuté par les soldats.)

SCÈNE VI

LES PRÉCÉDENTS, M. DE VAUNOISE, PAYSANS ARMÉS

BEAUREPAIRE, à Vaunoise

Monsieur, je vous salue.

VAUNOISE

Colonel...

BEAUREPAIRE, à un paysan

C'est toi qui es leur chef ?

LE PAYSAN

Nous n'avons pas de chef.

BEAUREPAIRE

Remettez-le en liberté.

LE PAYSAN

Non !

BEAUREPAIRE

Pour la dernière fois !...

LES PAYSANS

Non !... Non !... Non !

LES AUTRES

La corde ! La corde ! !

BEAUREPAIRE, aux soldats, froid

Peloton... armes... Joue... (Les brigands s'enfuient en se culbutant. Les soldats reprennent leur position primitive.) Bas les armes !... Monsieur, vous êtes libre.

VAUNOISE

Merci, colonel.

BAUREPAIRE

Monsieur, les meilleurs parmi les Français sont sous les armes... Que ne faites-vous comme eux ?

VAUNOISE

Mon Dieu, colonel, je vous avoue que je vivais tranquille en pleine tourmente, tranquille dans mon château comme un paysan dans sa maison. A peu près aussi pauvre que mes fermiers, je comptais que ma pauvreté me mettrait à l'abri de pareilles aventures. Tout à l'heure, on me dit que vous enrôliez des volontaires, et je venais bonnement écrire mon nom au milieu de tous les autres, lorsqu'en chemin j'ai rencontré cette bande de loups... (Il regarde vers la coulisse.)

BEAUREPAIRE

Monsieur de Vaunoise !! (Vaunoise regarde du côté où ont disparu les bandits). Ne regardez pas de ce côté ?... (Montrant ses soldats.) Voilà ceux qui vont mourir pour leur pays... Venez avec nous.

TOUS

Ah !

(On voit l'horizon incendié.)

ANDRÉ ET D'AUTRES, arrivant

Le feu au château et dans la ferme de Claon !

VAUNOISE

Ma vieille bicoque ! Mes pauvres fermiers !... Vous le

voyez, Monsieur, je ne peux vous suivre. Ce serait me demander trop !... Et puisque vous voulez que je choisisse entre mon roi et ceux-là qui incendient mon château et qui voulaient me pendre, mon choix est fait : (Se découvrant, et simplement.) Vive le Roi !

BEAUREPAIRE, de même

Vive la Nation ! — Je n'ai pas d'ordres contre les émigrés, mais je ne réponds que d'aujourd'hui. — Monsieur, je vous salue.

VAUNOISE

Monsieur, vous m'avez sauvé la vie... c'est une dette que je compte bien vous payer un jour ou l'autre. Ce soir j'aurai passé la frontière. Adieu !

(Il sort.)
(Mouvement bien visible de quelques-uns pour le suivre.)

MICHEL, les arrêtant

André, Rénier, mes amis, que faites-vous ? — Où allez-vous ?

ANDRÉ

Nous sommes les serviteurs et les fermiers de M. de Vaunoise, nous ne l'abandonnerons pas !

MICHEL, sur un mouvement de quelques jeunes gens qui entourent Vaunoise en lui serrant les mains

Guillaume, vous qui tant de fois leur avez donné de bons conseils, retenez-les !

GUILLAUME

Je ne sais plus... Non... C'est la nuit... Je vois des crimes qui se commettent et des actions sublimes qui se préparent... Et c'est la même cause, et c'est la même idée qui les inspirent. Je ne puis rien leur dire..

BEAUREPAIRE

Oublions ceux-là !... Nous autres, à la frontière !... En avant... marche !

LES VOLONTAIRES

A la frontière !

(Ils défilent, tambours et fifres en tête.)

BEAUREPAIRE, pendant le baisser du rideau.

Par le flanc droit, droite ! En avant, marche !

RIDEAU

3e TABLEAU

JOURS D'ÉPREUVES

La cour de l'Hôtel de Ville de Verdun. Deux portes et quelques fenêtres de la façade seront praticables. Une terrasse dans la largeur à laquelle on accède par un perron à droite, un perron à gauche. A gauche du spectateur, amorce d'un bâtiment servant de poste; à droite, amorce d'un jardin avec des arbres. Septembre 1792.

Bruits du bombardement par intervalles.

SCÈNE PREMIÈRE

GODEFROY, DOLIGNAC, GEORGET, CARRIÈRE, HUBERTAL, NESTOR, MERLOT, CHALOPIN, puis JOLIBOIS

(Tout un groupe est formé autour de Godefroy. Georget achève devant Dolignac d'exécuter un roulement.)

DES SOLDATS, riant

Bravo ! Bravo !

DOLIGNAC

Oui, pas mal... pas mal... Il a du moëlleux, il ira loin!... Puisque te voilà soldat, petit, je te fais tambour en pied ! !

GEORGET

Tambour en pied ! Ah ! mon Dieu ! Quel bonheur ! (Dans son émotion il tombe sur le tambour et le crève : il se frotte.) Tambour en pied ! !

CHALOPIN

Tu arranges bien les fournitures de la nation !

DOLIGNAC

Va te faire équiper au magasin.

GEORGET

Tout de même, grand papa et grand'maman doivent être bien inquiets de ne pas savoir ce que je suis devenu.

(Ils sortent.)

GODEFROY, au groupe de soldats qui l'entourent, les uns assis, les autres couchés, le reste debout, pendant que Carrière fume sa pipe à l'écart.

L'allemand ? Rien de plus facile... Attention ! « Volen sie essen ? » ça signifie : « Veux-tu manger ? » « Volen sie trinken ? » « Veux-tu boire ? » « Volen sie schlafen ? » « Veux-tu dormir ? » Répétez avec moi. Vous y êtes ?... Tous ensemble... Une... deusse... (Il répète les phrases précédentes, tous restent silencieux, bouche béante). Eh bien ?

CHALOPIN

Nous ne pourrons jamais, ça ne peut pas sortir...

(Il essaye et ne rend aucun son.)

GODEFROY

Le résultat de deux mois d'étude ! Ah ! bien, non, j'y renonce, vous avez la tête trop dure... (Il va pour sortir, mais revient.) Une idée... l'accent suffit ! Attention... « fulez fus poire eine bétide coûte de schnaps ? » Répétez !

TOUS, avec des contorsions de bouche et l'imitant en tous points

Fulez fus, etc !...

GODEFROY

Parfait ! Parfait ! « Ezt-ce gue da goûsine elle est cholie ? » Attention

TOUS, même jeu.

Ezt-ce gue da goûsine elle est cholie ?

GODEFROY

Bravo! avec ça dans toutes les langues, vous ferez le tour du monde...

(Il sort, les soldats se groupent autour de la marmite.)

HUBERTAL, entrant, étudiant

« Pour faire changer de front en arrière sur le premier « peloton, l'officier, après avoir fait établir ce peloton sur la « nouvelle direction et avoir placé deux jalonneurs devant la « file de droite et de gauche... » Voyons!

CARRIÈRE

Jamais tu ne comprendras ça!

HUBERTAL, se contenant

Carrière, voici quatre mois que je subis tes sarcasmes sans y répondre.., mais je te préviens, je suis à bout de patience... prends garde! (Carrière hausse les épaules et se met à rire. — On entend le bombardement qui redouble. — Etudiant.) « La droite « devenue gauche du second peloton étant arrivée à hauteur « du flanc gauche du... » (Fermant). J'y renonce... (Apercevant Nestor). Ah! Nestor... approche... tu es un vieux soldat, toi..

NESTOR

Trente ans de service! (Haussant les épaules). Si ça ne fait pas pleurer!

HUBERTAL, bas, un peu honteux

Il y a dans la théorie des choses... que je ne peux pas me fourrer dans la tête.

NESTOR, même jeu

Savez bien assez pour vous faire crever la basane.

HUBERTAL, bas, hésitant

Veux-tu ?... Je te ferai les commandements et toi (honteux) tu m'expliqueras.

NESTOR, saluant, haussant les épaules

Respect aux chefs!

(Ils sortent.)

DOLIGNAC

Qu'est-ce qui bout dans la marmite ?

CHALOPIN

De l'eau... tout ce qui reste dans Verdun !

JOLIBOIS, accourant, encombré

Des choux !!

CHALOPIN

Et du lard pour les accommoder ?

JOLIBOIS, brandissant

J'ai trouvé du lard...

DOLIGNAC

Vite ! vite ! J'ai le ventre qui sonne comme un tambour.

CHALOPIN

Une vraie peau d'âne !

JOLIBOIS, défendant son lard

Minute... Pour les choux, ça va, je les ai volés, ils ne doivent rien à personne... mais le lard. Madeleine Hubertal me l'a prêté... C'est sacré...

CHALOPIN, épluchant les choux

Moi, j'avais rêvé cette nuit d'une couronne de boudin qui venait se poser sur mon front et je voyais s'approcher respectueusement de mes lèvres des pieds de cochon avec des ailes d'or.

(Il épluche.)

JOLIBOIS

N'en enlève pas tant...

(Il remet des épluchures dans la marmite).

DOLIGNAC

Qu'est-ce que tu fais ?

JOLIBOIS

Ça donnera du goût.

SCÈNE II

LES PRÉCÉDENTS, MARCADIEU, BEAUREPAIRE

MARCADIEU, à Carrière

Sergent, depuis vingt ans j'ai l'habitude de vendre à l'hôtel de ville des fournitures d'encre, des plumes, registres et papiers...

CARRIÈRE

Passez !

MARCADIEU, il déballe ; s'adressant aux soldats.

Ah ! tenez, tenez, camarades, j'ai aussi des cocardes, gourdes, rubans, bonnets, souliers et jusqu'à un manteau, un manteau de femme, un beau manteau de dix écus... Joli cadeau à faire à sa bonne amie !... Qui qu'en veut ?...

DOLIGNAC ET LES AUTRES SOLDATS,

La Nation est en retard.

MARCADIEU, bas

Rien de nouveau ?

CARRIÈRE, de même

Sa patience est à bout.

MARCADIEU

Ton plan ?

CARRIÈRE

Recevoir une insulte publique. Je me bats, — je e tue — et je suis acquitté !

(Sur la terrasse paraît Beaurepaire en grande tenue, habit de garde national, la croix de Saint-Louis ; veste de satin blanc, culottes de peau ; bottes, épée. — Il descend lentement.)

MARCADIEU

Et après Hubertal, Madeleine... (A part). Celle-là, je m'en charge...

(Marcadieu entre à l'Hôtel de Ville).

BEAUREPAIRE, à Carrière

Sergent, cet ordre au bastion du nord, cet autre à la citadelle.

(Carrière rentre au poste.)

SCÈNE III

BEAUREPAIRE, puis MICHEL et MADELEINE, puis GÉRARD

BEAUREPAIRE

Depuis huit jours sans nouvelles...Dumouriez nous laisse-t-il à nos seules forces?... (Le bombardement redouble.) Tous les faubourgs sont en flammes...

MADELEINE, entrant avec Michel

Monsieur !

(Elle montre Michel qui la suit.)

BEAUREPAIRE, la saluant

Madame... (Apercevant Michel) Ah ! Michel Hubertal ! Je vais sentir battre le cœur de la France.

MICHEL

Colonel, j'ai traversé deux fois l'armée ennemie. Deux fois la France de la frontière, la France de l'avant-garde. J'ai vu l'ennemi s'enfoncer dans notre patrie au milieu du silence farouche des femmes et des enfants, s'étonner de la solitude des villages, fouiller les maisons avant d'oser s'y endormir, ne point trouver de guides pour traverser nos bois, ne point trouver de traîtres !... J'ai vu les soldats étrangers, ayant soif, hésiter à boire aux fontaines ; refuser du pain dans les fermes parce qu'ils redoutent le poison... J'ai vu nos forêts pleines de partisans... Leurs armes?... quelques fusils, des haches, des faulx, les socs aiguisés de nos charrues et, spectacle terrible, dans les détours des chemins creux, j'ai vu soudain les fusils trouer des cœurs à bout portant, les haches fendre des crânes, les faulx couper des reins, les socs broyer des épaules, maniés par des paysans furieux et enthousiastes, par des prêtres, par des femmes, aux cris de : Patrie et de Liberté ! !

BEAUREPAIRE

Comment viendraient-ils à bout d'un pareil peuple?!

CARRIÈRE, *à l'entrée*

Courrier du général en chef !

(Il sort. — Paraît Gérard.)

MADELEINE

Gérard !

GÉRARD

... (*Ils s'étreignent. Se dégageant*)

Colonel, j'arrive des Ardennes : Dumouriez se porte sur les passages de l'Argonne pour repousser l'invasion. Voici ses ordres.

BEAUREPAIRE, *lisant*

« Le salut du pays dépend de Verdun... Verdun est la clef de la voûte... Tenez quinze jours. Quinze jours me suffiront pour réunir mon armée à celle de Kellermann. Verdun pris, la France serait livrée à l'invasion ! » Vous direz au général que lorsque l'ennemi entrera dans Verdun, Beaurepaire sera mort...

GÉRARD

Colonel, voici maintenant l'espérance. Hier, 1500 hommes, avec de l'artillerie et des convois de ravitaillement, sont partis pour vous secourir, sous les ordres du général Galbaud.

BEAUREPAIRE, *après un regard circulaire*

Plus bas. Une partie de la population, presque tous les officiers municipaux veulent se rendre. La trahison est autour de nous.

MICHEL

Par où viennent ces renforts ?

GÉRARD, baissant la voix

Par la côte de Varennes.

BEAUREPAIRE

A quel endroit précis de la côte ?

GÉRARD

Au village de Thierville.

BEAUREPAIRE

Que nul ne sache par où viennent ces renforts.

MICHEL ET MADELEINE

Personne ne le saura.

BEAUREPAIRE

Deux bataillons vont aller au devant de Galbaud.

GÉRARD

A moins d'une trahison, avant qu'il soit 10 heures, ces renforts...

MARCADIEU

Des renforts !...

GÉRARD

. . entreront tambours battants.

MADELEINE, à Beaurepaire

Colonel, c'est plus que l'espérance, c'est le salut.

BEAUREPAIRE

Soyez fière, Madame, vous avez deux nobles fils.

(Il leur serre la main, salue Madeleine et sort.)

MARCADIEU

A savoir ! A savoir !

SCÈNE IV

MARCADIEU, caché, GÉRARD, MICHEL, MADELEINE, CHALOPIN

GÉRARD

Maman, il nous faut te quitter.

MADELEINE

Déjà ! (Ils s'embrassent. Elle est entre eux.) Hélas ! je n'ai plus de fils !... Pourquoi ? Je ne suis qu'une femme, moi, une mère, et je ne comprends rien à ces querelles de nations qui s'entretuent.

GÉRARD, la câlinant

Reste ce que tu as toujours été...

MICHEL, même jeu

La plus tendre des mères...
(Ils s'embrassent.)

MADELEINE

Que de fatigues, mes petits ! Vous avez dû souvent, par ces pluies, grelotter de froid, couchés en plein air. Vous avez eu soif. Vous avez eu faim. Prenez bien garde, n'est-ce pas ? Des maladies courent le pays... Il y a bien assez de périls venant des hommes ; le bon Dieu ne devrait pas s'en mêler. Promettez-moi d'être prudents, de ne pas trop vous exposez... Couvrez-vous bien la nuit. Je vous remettrai des vêtements de laine que j'ai tricotés exprès pour vous... (Baissant la tête) Qu'est-ce qu'elles peuvent encore, les mères ?... Pleurer !...
(Elle pleure silencieusement.)

MICHEL

Laisse-nous un peu de courage !

MADELEINE

Oui, j'ai tort... Faites votre devoir...

MICHEL

Maman, demain, tu entendras le tocsin résonner dans l'Argonne. A travers l'espace, tu pourras nous suivre de village en village... car c'est nous qui serons là. Que ton sourire vienne jusqu'à nous...

GÉRARD

Ton sourire... pas tes larmes !... ton sourire, maman !

MADELEINE, elle essaye de leur sourire

Que mon amour vous protège ! Laissez-moi vous accompagner jusqu'à la porte de la ville... Ensuite, je rejoindrai votre père pour lui donner de vos nouvelles.

(Ils sortent.)

SCÈNE V

SOLDATS, CHALOPIN, JOLIBOIS, DOLIGNAC, MERLOT, NESTOR, puis MARCEAU

JOLIBOIS

Hou ! quel parfum, pourvu qu'il ne passe point d'officiers pour nous demander leur part !

(Le soldats entourent la marmite.)

CHALOPIN

Hou ! Sentez-vous ?

FRICARD

Quel fumet !

DOLIGNAC

Vive la Nation ! Je ne connais que ça !

JOLIBOIS, avec un haut-le-cœur

Pouah ! Qu'est-ce que ce pain-là ?

NESTOR

C'est fait avec de la farine d'amidon, tu sais bien !

JOLIBOIS

De l'amidon ? C'est donc ça que je me sens empesé !

MARCEAU, sortant de l'Hôtel-de-Ville et descendant le perron. Il s'arrête, hume l'air

Qu'est-ce que je renifle donc là ?

NESTOR, bas

C'est ce gamin de Marceau.

DOLIGNAC

Il a éventé nos choux.

CHALOPIN

Va falloir partager...

MARCEAU, même jeu, se rapprochant

Et moi qui meurs de faim... sacrebleu, ça sent joliment bon !...

DOLIGNAC, même jeu

Qu'est-ce qu'il sent donc, le commandant ?

JOLIBOIS, même jeu.

Est-ce que vous sentez quelque chose, vous autres ?

LES VOLONTAIRES, même jeu

Rien !... Rien de rien !...

MARCEAU

Allons donc ! On fait cuire des choux par ici ?

CHALOPIN, s'esclaffant

Des choux ? Eh ! n'entendez pas ! Ah ! Ah ! des choux !

LES VOLONTAIRES

Des choux ? Ah ! ben ! Ah ! ben !

DOLIGNAC

Des choux ? Ah ! Ah ! Vive la Nation !

MARCEAU, découvrant la marmite

Mais c'est comme une bonne odeur de lard.

JOLIBOIS, vivement

Ce n'est pas du vrai lard, d'abord... non... on croit comme ça que c'est du lard... et puis...

TOUS

Ce n'est pas du lard...

MARCEAU, vexé

N'en parlons plus... du moment que vous me refusez, c'est bien !

(Il va pour sortir.)

TOUS

Commandant !

JOLIBOIS, après un coup d'œil aux autres

Hum ! commandant, on va mettre la table, et si tu veux...

MARCEAU, très vivement et accourant

Avec plaisir !

JOLIBOIS

Il n'est pas fier, au moins !

MARCEAU, s'installant

Sert-on bientôt ?

DOLIGNAC

Tout de suite... Tiens, voilà une fourchette ..

(On apporte une marmite toute fumante, pleine de choux en haut desquels il y a un morceau de lard. On s'accroupit autour, fourchette en main.)

MARCEAU, humant

La bonne odeur ! Je me sens un appétit !...

CHALOPIN, à Marceau

A toi l'honneur !

JOLIBOIS

Commandant, à vous la grosse légume (Il lui donne une pomme de terre). Ensuite, à tour de rôle... Attention ! on n'attend personne.

MARCEAU, piquant des choux et goûtant

Ah !... mais ça brûle !!... Sacrebleu, que c'est chaud !

JOILBOIS

Dis donc... qui qui a le cure-dents du bataillon?

(Marceau se détourne un peu et souffle en goûtant de temps en temps ; les autres plongent leurs fourchettes à tour de rôle, rapidement et engloutissent, sans souffler ; scène de pantomime. Marceau enfin peut avaler, mais la gamelle est vide. Il reste consterné. Les soldats se lèvent, essuient leurs fourchettes, les repiquent à leurs chapeaux.)

CHALOPIN, se déboutonnant

J'ai bien dîné !

LES VOLONTAIRES, même jeu

Nous aussi !!

MARCEAU

Ils ont fini ?... (Un soldat emporte la gamelle avec le lard.) Mais ... le lard ?... Le lard qu'on laisse partir ?

(Le soldat s'arrête.)

JOLIBOIS

Nous l'avions emprunté, nous sommes obligés de le rendre !

MARCEAU

Ça m'apprendra à faire la fine bouche !

(En coulisse)

Peloton ! Halte ! front ! rompez vos rangs !

(Les soldats rient et saluent amicalement Marceau qui sort en riant.)

SCÈNE VI

LES PRÉCÉDENTS, FRICARD, puis BEAUREPAIRE et HUBERTAL

HUBERTAL, entrant avec Beaurepaire

Vous venez de me voir à l'œuvre, Colonel, je devine ce que vous allez me dire... Je suis un mauvais officier... Eh ! bien reprenez-moi mon grade... Je vous jure que vous n'aurez pas de meilleur soldat.

BEAUREPAIRE

Vous devinez mal... Vous avez su vous faire aimer de vos soldats, et ils vous suivraient à la mort, la chanson aux lèvres... C'est bien.

HUBERTAL, tremblant

Alors... Alors... bien que je ne sache même pas commander un mouvement par échelons... vous croyez que je suis digne de... mourir à leur tête ?

BEAUREPAIRE, lui tendant la main

En voici la preuve !

HUBERTAL, très ému

Oh ! Colonel ! Colonel !

BEAUREPAIRE, remontant, souriant

Cependant, Capitaine, que cela ne vous empêche pas d'étudier votre théorie.

(Remonte la terrasse et disparaît.)

SCÈNE VII

CARRIÈRE, HUBERTAL, LES HOMMES DU POSTE, allant et venant.

CARRIÈRE

Ah ! Ah ! C'était vraiment un beau spectacle. Beaurepaire commande un changement de front en avant sur le premier peloton... Ah ! Ah! tu t'embrouilles si bien que la compagnie ressemble à une fourmilière... Ah ! Ah !

HUBERTAL, bas

Carrière... tu m'as fait douter de moi à force de me tourner en ridicule... J'ai tout supporté parce que je ne voulais pas d'une querelle...

CARRIÈRE, bas

La fourche à fumier te convient mieux que le sabre...
(Silence.)

HUBERTAL, bas

Sergent !

CARRIÈRE, bas, ironique

Capitaine ?

HUBERTAL, bas

Vous n'avez pas le droit de vous battre avec moi sans une provocation de ma part. Pour vous ce serait la mort.

CARRIÈRE, bas

La provocation ne viendra pas. Tu es trop lâche !...
(Silence.)

HUBERTAL

Tiens ! !
(Il le frappe.)

TOUS, se précipitant pour les séparer

Ah !

CARRIÈRE, se débattant entre les soldats

Vous l'avez-vu... n'est-ce pas ? Et vous en témoignerez...
(Il tire son sabre.)

JOLIBOIS

Il faut les empêcher !... Il faut prévenir le colonel !... prévenir Madeleine Hubertal !...

CARRIÈRE

Tu sais, ça ne se manie pas comme un fouet.,.

HUBERTAL, il a jeté son sabre et pris celui d'un soldat

Non, mais comme une cravache !
(Il le frappe.)

SCÈNE VIII

LES PRÉCÉDENTS, BEAUREPAIRE, OFFICIERS, PEUPLE

(La cour se remplit peu à peu dans cette scène et dans la scène suivante.)

BEAUREPAIRE, accourant, sur la terrasse

Malheureux ! (Hubertal frappe. Carrière tombe. Hubertal le regarde, regarde tout le monde, semble revenir à lui, jette son sabre avec horreur et se cache la figure dans les mains.) Toi, Hubertal, toi ! !

HUBERTAL

Pardon, colonel, pardon ! !

BEAUREPAIRE

Tu n'es pas coupable ?... Cet homme t'avait provoqué ?.. (Aux soldats.) Vous étiez là... Répondez !

(Silence. Ils se détournent.)

BEAUREPAIRE

Ces hommes ne voudraient par t'accuser... et leur silence te condamne... (A Jolibois.) Approche, toi...

(Jeu de scène de Jolibois essayant d'en faire avancer d'autres, lesquels se reculent.)

JOLIBOIS

Colonel, j'aimerais autant que ce soit un autre...

BEAUREPAIRE

Réponds !

JOLIBOIS, à regret

Le sergent et le capitaine se sont parlé bas... Puis le capitaine a frappé le sergent au visage... et ils se sont battus...

BEAUREPAIRE

Et c'est tout ?

JOLIBOIS

C'est tout.

BEAUREPAIRE, à Hubertal

Et tu ne te défends pas ?

HUBERTAL

Je ne sais pas ce que j'ai fait. Je viens d'être fou !

BEAUREPAIRE, grave, sans colère

A la citadelle !... ce soir, en cour martiale... Allez !...

SCÈNE IX

LES PRÉCÉDENTS, MADELEINE, MARCADIEU, FOULE peu à peu

(Madeleine arrive au milieu d'un groupe dans lequel elle se débat et qu'elle repousse en criant.)

MADELEINE, accourant, à demi-folle

Non ! Non ! Je ne veux pas qu'on le juge ; je ne veux pas qu'on le tue ! Ah ! Monsieur ! ! Pardonnez, pardonnez-lui ! Ils se sont battus loyalement devant tous, on me l'a dit... Rendez-le-moi !

BEAUREPAIRE

Je ne le puis.

MADELEINE

Vous le pouvez... vous êtes le chef dans cette ville, le maître de notre vie. Vous êtes au-dessus de tout.

BEAUREPAIRE

Non. Au-dessus de moi, la discipline. Au-dessus de moi, l'armée.

MADELEINE, aux femmes qui l'entourent

Vous entendez, vous autres, il voudrait me faire croire que le sort de l'armée dépend de la mort de mon mari !

(Rumeurs. Agitation.)

CATHERINE

Non ! non, il ne faut pas qu'il meure !

SIMONE ET LA FOULE

Non ! Non !

MARCADIEU, bas, parcourant les groupes.

Ne vous mêlez de rien. Elle a entre les mains de quoi se venger, si elle veut.

SIMONE

Se venger ?

MADELEINE

Ayez pitié, Monsieur. Mon mari est parti soldat. Je n'ai rien dit, car il est le maître, mais j'ai pleuré ! Mes enfants sont en danger de mort tous les jours. Je ne dis rien, je pleure. Que l'étranger les tue, c'est son droit, et j'en mourrai. Mais que de ces trois êtres chéris, vous Français, vous m'en preniez un, non, non, cela ne sera pas !... Si vous le faites, je me vengerai ! !

MARCADIEU

Vous voyez bien !

BEAUREPAIRE

Pauvre femme !

MADELEINE

Monsieur ! Oh ! Monsieur ! (Elle se jette à genoux.) Oubliez ce que j'ai dit... Je suis folle... Me venger !... Comment voulez-vous que je me venge ?... Mais faites-lui grâce !... Renvoyez-le... qu'il ne soit plus soldat... Il vous restera mes deux enfants. Vous les avez vus, si fiers, si enthousiastes, si tendres... Pitié, Monsieur... pitié pour nous.

BEAUREPAIRE, triste

La vie d'Hubertal ne m'appartient plus !

MADELEINE

Mon Dieu ! Mon Dieu !

SCÈNE X

LES PRÉCÉDENTS, LEMOINE

LEMOINE

Colonel, un émigré, le comte de Vaunoise, se présente en parlementaire à la porte de France.

BEAUREPAIRE, de la terrasse

Je ne le recevrai pas... Dites à M. de Vaunoise que si nous sommes forcés de céder au nombre, nous nous ferons sauter.
(La foule reste silencieuse.)
(Lemoine sort.)

MADELEINE, défaillante, les bras tendus

Pitié ! Pitié ! Pitié !!

BEAUREPAIRE

Je vous plains, Madame, de tout mon cœur. (Il sort.)
(Madeleine tombe en sanglotant sur les marches du perron. La nuit est venue peu à peu. On allume les réverbères. Des fenêtres s'éclairent à l'hôtel-de-ville.)

SCÈNE XI

LES PRÉCÉDENTS, moins BEAUREPAIRE, puis GODEFROY

MADELEINE

Mon mari!.. Non ! non ! C'est impossible !
(Elle sanglote.)

MARCADIEU, à part

Le nom du village par où viennent des renforts, c'est elle qui me le dira pour sauver son mari. (Haut.) Votre mari, il y a un moyen simple de le tirer de là.

MADELEINE

Un moyen? Oh ! Parle !
Elle rit nerveusement, très bas en se contenant.)

MARCADIEU

Vos fils!

MADELEINE

Eh bien, mes fils?
(Même jeu.)

MARCADIEU

Qu'ils reviennent! Qu'ils demandent la grâce d'Hubertal. Beaurepaire n'osera la leur refuser... après ce qu'ils ont fait.

MADELEINE, joyeuse

Peut-être! Peut-être!

MARCADIEU

Il ne s'agit que de les rejoindre... et de les ramener... (Bas) avec les renforts.

MADELEINE, sans y penser

Oui, avec les renforts, c'est vrai!

MARCADIEU

Seulement la cour martiale va se réunir... Pas une minute à perdre... et... il y a loin de Verdun... à...

MADELEINE

De Verdun par la forêt jusqu'à la côte de...
(Elle s'arrête brusquement.)

MARCADIEU

La côte? oui! la côte?... (A part.) Mais dis-le donc!... (Haut.) Voyons où sont-ils au juste à c't' heure?

(Silence.)

MADELEINE, émotion contenue, à part

Que nul ne sache par où viennent ces renforts, a dit Beaurepaire.

MARCADIEU

Voyons... où sont-ils?

MADELEINE, même jeu

Je ne sais pas.

MARCADIEU

Si vous voulez qu'on prévienne vos fils?

MADELEINE, même jeu

Il ne faut pas les prévenir!

MARCADIEU

Si vous voulez sauver votre mari?

MADELEINE

Il ne faut pas le sauver!

MARCADIEU

Alors, vous aimez mieux qu'il meure

MADELEINE, éperdue

Ah! laissez-moi! laissez-moi! laissez-moi!!
(Elle s'enfuit.)

MARCADIEU, à part

De Verdun par la forêt jusqu'à... Ah! la côte de Varennes, pardieu! Au village de Thierville!

SCÈNE XII

LES PRÉCÉDENTS, moins MADELEINE

CATHERINE

Où va-t-elle? Suivons-la...
(La foule disparaît peu à peu derrière Madeleine. Il ne reste en scène que des soldats.)

MARCADIEU, à la foule

Non! Non! Laissez-la faire... faut pas la contrarier... Je la connais... Elle a son idée... (A part.) Et si elle n'en a pas, moi j'en ai une...

GODEFROY

Il a une sale tête, celui-là...

JOLIBOIS

C'était un ami du sergent...

GODEFROY

Ils sont dépareillés ; les deux faisaient la paire...

MARCADIEU, apercevant Jolibois et Godefroy qui, depuis quelques instants, ne le perdent pas de vue.

Qu'est-ce qu'ils ont à me reluquer ceux-là ?

GODEFROY

Je suis sûr qu'il prépare un mauvais coup.

MARCADIEU, qui a remis sa balle et qui les devine

Oui, oui, mais les vieux renards possèdent plus d'un tour... Et j'ai justement là dans ma balle un manteau de femme qui me servira pour les dépister... A savoir... A savoir...

GODEFROY

Ne le perdons pas de vue, Jolibois.

(Marcadieu sort. Presque aussitôt, Jolibois et Godefroy sortent derrière lui.)

SCÈNE XIII

LES VOLONTAIRES, allant et venant, GEORGET et MARIE

(Georget entre en se dissimulant, regardant parfois derrière lui. Il est en uniforme de tambour.)

GEORGET

Caporal ! Caporal !... Cachez-moi derrière vous. Caporal, vous êtes un si bel homme !

DOLIGNAC

Pourquoi te cacher ?

GEORGET

Ma sœur Marie me cherche pour me remmener aux Islettes... la voici !

MARIE, entrant

Georget! Georget! Où est Georget? Ah! Monsieur, rendez-le-moi... Il s'est enfui de chez nous... ce n'est qu'un enfant... il ne peut pas être soldat.

DOLIGNAC

Au service de la Nation, il n'y a pas d'enfants; il n'y a que des hommes.

MARIE, tâchant d'apercevoir Georget derrière les soldats qui lui barrent en riant le chemin du poste. Elle parle pour Georget.

C'est un méchant qui a fait de la peine à son grand'père, un petit hypocrite qui n'avait rien dit de son projet à personne... (Georget sort, honteux, la tête basse, lentement.) Il ne nous aimait pas, il n'aimait ni le vieil aveugle si tendre, ni la bonne grand'mère si indulgente, ni moi... ni moi... (Georget lui saute au cou.) Il n'aimait personne!

GEORGET

Ne dis pas ça! Ne dis pas ça!

MARIE, se défendant

Méchant! Méchant! Va-t-en... Non, va-t-en, je ne veux pas... (Il cherche à l'embrasser.) Nous ne t'aimons plus... Va-t-en...

GEORGET, il l'embrasse

Moi, je vous aime... Voilà la différence...

MARIE

Alors, tu vas revenir avec moi au village? Tu n'a pas seize ans. Ton engagement est nul.

GEORGET, subitement rêveur

Je voudrais rester soldat.

MARIE

Grand-père est bien triste et grand'mère est malade... Ils pleurent, Georget. Ils pleurent!

GEORGET

Ils pleurent ?... C'est bien... Je te suivrai.

SCÈNE XIV

LES PRÉCÉDENTS, BEAUREPAIRE, puis JOLIBOIS et GODEFROY, puis LEMOINE, puis MADELEINE; SOLDATS, FOULE, puis MARCEAU.

BEAUREPAIRE, sur la terrasse

Avant une heure, nos bataillons auront rejoint les renforts de Galbaud... Verdun est sauvé.
(Jolibois et Godefroy entrent.)

JOLIBOIS

Colonel, nous sommes trahis !

BEAUREPAIRE

Quel misérable... ?

GODEFROY

Nous croyions le suivre, nous avions l'œil sur le colporteur Marcadieu, quand, à sa place, dans une maison en ruines, c'est une femme couverte d'un grand manteau qui apparaît...

CATHERINE

Madeleine ! C'est Madeleine !

MARIE

Ils accusent Madeleine !

JOLIBOIS

Nous suivons la femme...

GODEFROY

Et nous arrivons juste pour la voir glisser un papier dans la main du parlementaire...

LÉMOINE

Colonel, toute la ville est en désordre... Les habitants accourent vers la maison commune pour demander...

BEAUREPAIRE

Tu n'oses achever ?... la reddition, n'est-ce pas ?

LEMOINE, bas et triste

Oui, colonel...

BEAUREPAIRE

La reddition sans avoir combattu ! Sans qu'un boulet ait troué nos remparts !... la reddition honteuse, quand nos canons répondent aux canons de l'ennemi ! (Bruits de bombardement, détonations rapprochées). Jamais ! Jamais !

LA FOULE

Reddition ! Reddition !

BEAUREPAIRE

Qui ose parler de se rendre ?

CATHERINE et diverses

Toutes les femmes !... Toutes les mères !... C'est toi seul qui refuses.

SIMONE

Et tu n'es qu'un soldat comme les autres.

BEAUREPAIRE

Il y a des heures où les peuples concentrent sur un seul homme toutes leurs forces et toutes leurs espérances !... (Aux soldats.) Voulez-vous vous rendre ?

NESTOR

Se rendre, si ça ne fait pas pleurer !

LES SOLDATS

Nous voulons mourir !

MARIE

Oh ! mon Georget ! mon Georget !

GEORGET

Sœur, veux-tu toujours que je parte avec toi ?

MARIE

Non !... reste soldat !
(Elle le presse contre son cœur.)

LA FOULE

Reddition ! Reddition !

BEAUREPAIRE, implorant.

La reddition, mes amis, mes enfants... la reddition quand des renforts nous arrivent, et avec ces renforts, le salut !! (On entend un tumulte, au dehors) Ecoutez ! la délivrance !

LEMOINE, rentrant triste

Colonel, nos bataillons rentrent en déroute sans avoir pu rejoindre les renforts. Un second parlementaire vient d'être amené devant le conseil de défense, l'on n'attend plus que vous.

BEAUREPAIRE, à part.

(Il sort.)
(Madeleine est entrée.)

LA FOULE

Madeleine ! Madeleine !
(Tumulte. On l'entoure.)

MADELEINE

Ils l'ont condamné à mort ! (Apercevant Marie elle l'appelle et se ette dans ses bras.) Ah ! Marie ! Marie !... que vais-je devenir ?!

CATHERINE

C'est elle qui nous délivre !... Tu t'es vengée !

MADELEINE, effrayée.

Qu'ai-je donc fait ? Que me voulez-vous ?

MARIE

Savez-vous de quel crime ils vous accusent !! Ils disent que venez de livrer Verdun !

MADELEINE

Moi ? Moi ?

MARIE

Vous !

MADELEINE

Mais c'est abominable... Mais vous en avez menti, entendez-vous, menti, menti !!

CATHERINE

Tu empêches notre ruine, le pillage et l'incendie...

NESTOR

Et demain le pillage, l'incendie, et la ruine vont s'étendre sur tout le pays.

CATHERINE

Tu épargnes la vie de nos enfants.

NESTOR

Et des milliers d'enfants vont mourir à cause de toi !

MADELEINE

Oh ! les infâmes ! les misérables !

BEAUREPAIRE, sortant

Voici les conditions de l'ennemi : Il demande à la garnison de lui livrer les portes de la ville et il lui offre de sortir dans les vingt-quatre heures avec armes et bagages... (Silence.) J'ai refusé !...

LES SOLDATS

Tu as bien fait !

LA FOULE

Non ! Non ! Reddition !

CATHERINE, à Beaurepaire

Tu auras beau faire... Voilà celle qui nous sauve !

BEAUREPAIRE, de la terrasse

Elle vous sauve et l'exécrable honte vous suivra d'avoir été ceux qui ont livré à l'étranger le seuil de la Patrie !!!

MADELEINE

Ne les croyez pas ! Ils en ont menti, vous dis-je, menti !

CATHERINE

Ne t'en défends donc pas ! Tu n'as rien à craindre !

MADELEINE

Taisez-vous ! Je n'ai rien fait... Innocente de tout. . de tout... Mais si jamais on dit à mes enfants, s'ils le croient... si je ne suis pas là pour me défendre... Ils auront horreur... horreur de moi... horreur de leur mère !! (Elle va devant Beaurepaire.) Ah ! Monsieur, Monsieur... ! Je vous pardonne la mort de mon mari... mais je vous le jure sur la vie de mes deux fils... je suis innocente du forfait dont on m'accuse !

BEAUREPAIRE

La cour martiale a condamné Hubertal, mais elle a fait appel à mon indulgence... J'ai signé sa grâce.

MADELEINE, sanglotant

Oh ! Monsieur ! Monsieur !

(Elle lui embrasse les mains.)

BEAUREPAIRE

Je ne sais si vous êtes coupable ou innocente... Dieu veuille que vous puissiez un jour vous justifier de l'effroyable accusation qui pèse sur vous...

MADELEINE

Innocente ! Innocente ! Innocente !

BEAUREPAIRE

Allez retrouver votre mari.

MARCEAU, tendant un papier

Colonel, la majorité du conseil de défense a décidé de rendre la ville où elle juge impossible de tenir plus longtemps. On attend votre signature.

BEAUREPAIRE

Jamais je ne signerai... Jamais ! Jamais !... Et maintenant laissez-moi !... Je veux être seul... Demain, vous connaîtrez ma résolution, ma volonté dernière.

LA FOULE, menaçante

Demain ?

BEAUREPAIRE

Demain.

(La foule s'écoule lentement.)

RIDEAU

4e TABLEAU

LES HONNEURS DE LA GUERRE

La porte de Verdun encadrée dans deux grosses tours. Le pont-levis est encore levé. C'est le matin. Des troupes prussiennes, l'arme au pied, sont rangées de chaque côté de la route. C'est entr'elles que va passer la garnison de Verdun. On entend un roulement de tambours au lointain, derrière les remparts. Aussitôt le pont-levis s'abaisse. En même temps, des commandements se font entendre. Les soldats portent les armes. Tout à l'heure, sur le passage de la garnison, ils les présenteront au moment où défilera le corps de Beaurepaire, porté par quatre soldats, et couvert de couronnes de chênes et de drapeaux tricolores. Quand le pont-levis s'abaisse, des gens, hommes et femmes, sortent pour assister au spectacle.

SCÈNE UNIQUE

VAUNOISE aux officiers prussiens

Ne soyez pas trop fiers, Messieurs, vous n'entrez dans Verdun que par trahison.

UN HOMME DU PEUPLE, dans la foule

Bravo, l'émigré, bien répondu. Viens donc avec nous, citoyen...

VAUNOISE

Non... vous criez : « Vive la Nation ! » Moi, je crie : « Vive le Roi ! » Nous ne pourrons pas nous entendre.

UN HOMME

C'est dommage... car tu as l'air d'un bon bougre.

(Le roulement de tambours se rapproche sensiblement.)

DE VAUNOISE

La garnison qui sort avec les honneurs de la guerre.

UN OFFICIER PRUSSIEN

Portez armes !

MADELEINE, sortant de la ville avec Marie qui la soutient, la protège

Ah ! fuir, fuir cette ville où les uns m'accablent, où les autres m'outragent, où je laisse mon mari mort de désespoir en croyant à mon crime... Ville maudite !... Ville maudite ! !

UN OFFICIER AUTRICHIEN

On ne passe pas. Attendez !

(Dans le défilé.)

NESTOR ET AUTRES

Lâche ! misérable ! Maudite ! Maudite !

MARCEAU (quand le corps est en scène)

Il avait dit : « Quand l'ennemi entrera dans Verdun, Beaurepaire sera mort. »

RIDEAU

(La colonne sort, tambours et fifres en tête. Marceau en avant. On entend sonner le tocsin dans plusieurs directions, très loin; presque imperceptible. Le premier défilé commence. Défilé de la première colonne. Le tocsin s'entend plus près.)

5e TABLEAU

L'AME DES HUMBLES

MÊME DÉCOR QU'AU 1er TABLEAU

Un intérieur dans la ferme du père Guillaume. — Alcôve. — Lit — Une porte donnant sur la cour, une autre porte donnant sur l'intérieur de la ferme. Les soldats étrangers font partie de l'armée autrichienne de Clerfayt.

SCÈNE PREMIÈRE

MARIANNE, GUILLAUME, MARIE

MARIANNE, à la fenêtre

Depuis près d'un mois, depuis qu'ils sont entrés en France, il pleut tous les jours. Les routes sont défoncées. Tous les ruisseaux et la forêt sont changés en torrents; la forêt entière n'est plus qu'un immense marécage!...

(Elle ferme la fenêtre.)

GUILLAUME

Tant mieux... La frontière est envahie... les villes qui auraient dû nous protéger sont en leur pouvoir... mais ils n'oseront pas se hasarder dans ces ravins et ces fondrières... Leurs armées passeront sans prendre garde à nous.

MARIANNE

Peut-être!... Peut-être!...

MARIE

Pourtant, je l'ai entendu dire par d'anciens soldats, notre ferme commande le plus important des défilés de l'Argonne... Alors...

MARIANNE

Si c'était vrai... déjà elle serait occupée avec tous les environs... soit par les Français, soit par l'ennemi.

GUILLAUME

Où sont-ils, maintenant?

MARIE

Des maraudeurs viennent jusqu'au hameau d'Antremont.

GUILLAUME

Antremont! C'est à quatre lieues! Et les Français?

MARIE

Ils sont passés hier aux Islettes.

MARIANNE

Et Georget? Georget en était-il?

MARIE

Personne ne l'a vu...

GUILLAUME

Je ne veux pas qu'on parle de Georget! C'est un mauvais enfant... qui ne nous aimait pas... un ingrat que nous avons réchauffé à notre foyer... un ingrat... un ingrat...

MARIANNE

Et les Français occupent les Islettes?

MARIE

Ils n'ont fait que traverser. Ils étaient en désordre et criaient: Trahison! Trahison!

MARIANNE

Trahison!... (Un temps) Et elle, la pauvre femme, sait-on ce qu'elle est devenue?

MARIE

Les patriotes ont incendié sa maison par vengeance. Elle avait beau crier qu'elle est innocente, ils ont voulu la massacrer... Elle s'est enfuie dans les bois...

MARIANNE

Si ses fils apprenaient ce qu'on dit!

MARIE

Elle en deviendrait folle!

GUILLAUME, frappant le sol avec son bâton

Un ingrat, oui... et un petit sans cœur.

MARIE

Voilà quatre jours qu'elle a disparu. S'ils ne l'ont pas tuée, elle doit errer dans la forêt, traquée comme une bête fauve...

SCÈNE II

LES PRÉCÉDENTS, MADELEINE

(Madeleine entre, en désordre, les vêtements déchirés, défaillante, et s'appuie contre la porte, n'ayant pas la force d'aller plus loin.)

MADELEINE

Oui, comme une bête fauve. Depuis quatre jours, ils me cherchent. Je me suis cachée dans les ruisseaux et dans les broussailles. J'ai pu leur échapper. Souvent, ils passaient si près que je les aurais touchés en étendant la main... Non, pas même comme les bêtes de la forêt, car elles dorment, et elles mangent, et moi, depuis deux jours, je n'ai ni mangé ni dormi...

MARIE

La malheureuse!

MARIANNE

Entrez, Madeleine. Si pauvre que nous soyons, il y a bien ici de quoi vous restaurer...

MADELEINE

Je n'ai pas faim. J'ai le cœur trop gros. Mais j'ai sommeil... Ah ! comme j'ai sommeil ! !...

MARIE

Venez vous asseoir là !

MADELEINE

Alors, vous me recevez comme autrefois?

MARIE

Et nous vous aimons comme autrefois.

MADELEINE

Alors, vous ne croyez pas ce qu'on dit ?

MARIANNE

Non, Madeleine.

MADELEINE

Ni vous, Marie ?

MARIE

Non !

MADELEINE

Ni vous, Guillaume ?

GUILLAUME

Non !

MADELEINE

Voilà bien longtemps que je ne me suis sentie si heureuse. Tout le monde est contre moi. Cela a commencé à Verdun, n'est-ce pas, Marie ? Les soldats, en sortant, me maudissaient... et, depuis, les enfants me poursuivent à coups de pierres... les femmes me crachent à la face et les vieillards qui restent dans nos villages retrouvent des forces pour courir après moi, comme on court après un chien enragé, avec des fourches... Ah ! Dieu ! mourir chargée d'une pareille infamie, mourir au milieu des malédictions de tout un peuple, je ne veux pas, je ne veux pas !

MARIANNE

Non, vous n'en avez pas le droit, à cause de vos fils.

MADELEINE

Mes fils ! !... Hélas !... parmi toutes ces malédictions, c'est eux que j'entends... parmi ces figures de rage et ces yeux de meurtre, c'est eux que je vois !... Et j'en suis arrivée à cette folie d'épouvante et d'horreur que je voudrais ne plus les revoir, avant le jour où ils viendraient me demander pardon de m'avoir soupçonnée ! !

MARIANNE

Calmez-vous, Madeleine...

GUILLAUME

Tâchez de vous reposez un peu... Ici vous êtes en sûreté...

MADELEINE

Comme vous êtes bon ! Comme je vois que vous me plaignez... Ah ! je voudrais... oui... je voudrais bien dormir...

(Elle s'endort.)

MARIANNE

Elle s'est endormie, tout d'un coup.

(Marie lui couvre les épaules avec une couverture.)

GUILLAUME

Elle restera chez nous. Personne ne le saura, un jour ou l'autre, on apprendra peut-être la vérité...

(On frappe.)

SCÈNE III

LES PRÉCÉDENTS, GÉRARD

GUILLAUME

Attendez. Ne la quittez pas, je vais ouvrir ! Voilà ! Voilà ! Qui est là ?

GÉRARD

C'est moi, Gérard.

MARIANNE

Gérard...

GÉRARD

Bonjour, Guillaume.

MARIE

Gérard! Seul!!

GÉRARD

Nous arrivons de Metz, mon frère et moi... (Mouvement de joie de Marie) et nous retournons à l'armée de Dumouriez porter les dépêches de Kellermann. Nous avons voulu revoir notre mère en deuil. Nous n'avons retrouvé que les ruines de notre maison. Alors, Michel a couru au village. Je l'ai devancé ici pour vous demander : Qu'est devenue notre mère?

MARIANNE

(La montrant, bas.) Ne la réveillez pas...

GÉRARD, avec un élan

Ma mère!.. Ah! nous l'avions crue morte...

MARIE

Il ne sait rien!

(Gérard embrasse Madeleine.)

MARIANNE

Mais au village, Michel va tout apprendre!!

MADELEINE, rêvant

Ne me torturez plus, puisque je n'ai rien fait.

GÉRARD

Que dit-elle?

MARIE

Elle rêve... Elle est souffrante... la mort de votre père... l'incendie de votre maison... tant de malheurs... n'ayez aucune crainte... Votre vue la guérira.

GÉRARD

Pauvre maman!

MARIE

Gérard, vous avez dû courir bien des dangers, vous et lui ?

GÉRARD

Lui surtout. Il semble se jeter dans les aventures avec une sorte de fureur. J'ai cru plusieurs fois qu'il cherchait la mort non point seulement pour faire son devoir, mais comme une délivrance.

MARIE, à part

Michel !...

GÉRARD

Et il me disait : Si je meurs, retourne auprès d'elle. Tu la trouveras, comme avant la guerre, au foyer où elle t'attend.. Va et rapporte-lui mes paroles.

MARIE

Vous lui direz que je vous ai tendu la main en honnête et loyale femme.

GÉRARD

Marie !

MARIE

Dites-lui cela, oui, mais dites-lui aussi que ce n'est pas être brave que de se jouer de la mort comme à plaisir.

GUILLAUME

C'est curieux... j'aurais parié pour Michel, moi.

MARIANNE, haussant les épaules

Est-ce que les hommes y entendent goutte !

MARIANNE

Ah ! Michel !

SCÈNE IV

LES PRÉCÉDENTS, MICHEL

MICHEL

J'ai demandé partout notre mère. Les gens se détournaient

et d'autres semblaient me prendre en pitié (Il aperçoit Madeleine.) Ma mère !

MADELEINE, rêvant

Mes petits, mes chers petits ! (Elle pleure.)

MICHEL

Elle pense à nous et elle pleure en rêvant... (Il l'embrasse, puis tous deux se mettent à genoux de chaque côté de leur mère). Pauvre chère maman !

MARIE, bas

Lui non plus ne sait rien.

MARIANNE, bas

Elle est sauvée.

GUILLAUME, à part

Pour aujourd'hui... peut-être... Mais demain...

(Elle se réveille lentement, regarde ses fils, croit rêver toujours et referme les yeux.)

MADELEINE

Je rêvais que je les avais retrouvés et que la guerre avait passé sans les atteindre... Je ne me souvenais de rien comme si vraiment toutes ces atrocités n'étaient qu'un songe ! Hélas! les reverrai-je jamais !!

GÉRARD ET MICHEL, à genoux

Maman...

MADELEINE, s'éveillant tout à fait, les reconnaissant

Mes petits, mes chers petits... Est-ce vrai? Est-ce bien vous ! Vous qui... qui m'aimez toujours...

MICHEL

Plus que jamais... puisque jamais nous n'avons été aussi malheureux...

MADELEINE

Oui... la mort de votre père, n'est-ce pas ?

MICHEL, se lève

Dis-nous, maman, pourquoi cette mort ? Condamné, mais

gracié, pourquoi a-t-il refusé sa grâce et s'est-il tué quand tu la lui portais?

MADELEINE, éperdue

Ah! vous savez?

GÉRARD

Oui!... pourquoi? pourquoi?

(Madeleine, affolée, ne sachant que répondre, regarde Maria et Marianne.)

GUILLAUME, à part, agité

Comment faire?

MARIANNE

Un accès de désespoir, a-t-on dit.

MICHEL

Parce que Verdun s'était rendu?

MARIANNE

Il a cru sans doute que sa faute avait été fatale à la discipline...

GUILLAUME, rompant les chiens

Marie, fais donc boire et manger ces braves garçons.....

MICHEL

Non, merci... merci, Marie.

(Elle s'occupe.)

GÉRARD

Et cette femme qui a vendu la ville à l'ennemi?

MADELEINE, égarée

Ah! vous savez aussi...

MICHEL

Oui, le nom de cette femme.

MARIANNE

On ne sait... Elle a disparu...

GÉRARD

Si cette malheureuse pouvait comprendre en quel abîme elle a jeté son pays, depuis cette heure d'affolement!...

MICHEL

Oui, à Paris, les massacres des prisons à la nouvelle que Verdun s'est livrée, partout des désordres, des révoltes, la retraite de Dumouriez... à Montcheutin une panique honteuse.

GÉRARD

Que de remords pour elle! Que de remords!

MICHEL

Dis-nous, mère, pourquoi a-t-on brûlé notre maison?

MARIANNE

Pourquoi a-t-on brûlé des maisons à la Chalade, à Grandpré?

GUILLAUME

A la Croix-aux-Bois, partout?

MICHEL

Mère, pourquoi, tout à l'heure, au village, un vieillard a-t-il crié, en me voyant : « Ne reviens plus dans notre pays, toi!!

MARIANNE

C'est que trop de dangers vous y attendent...

MICHEL

Et pourquoi des femmes murmuraient-elles en me montrant : « C'est le fils de cette malheureuse... »

(Guillaume se lève, nerveux.)

MARIANNE, simple

Oui, bien malheureuse, car elle ne fait que pleurer depuis la mort de votre père.

(Madeleine est défaillante.)

GÉRARD ET MICHEL

Maman! Maman!

MARIE

Elle est si faible... épargnez-là...

MICHEL

Maman.

(On entend des détonations au loin.)

MARIANNE

Ecoutez!!

GUILLAUME

Cela vient de la Mare-aux-Fées, sur la lisière du bois.

GÉRARD

La Mare-aux-Fées. C'est là que nous avons nos chevaux..

(Nouvelles détonations.)

MICHEL

Ce ne peut être que des nôtres qui viennent occuper le passage. Nous allons nous en assurer... Adieu, maman, adieu!

MADELEINE

Adieu... (les attirant pendant qu'ils restent courbés devant elle.) Mes enfants, celle qui n'a jamais failli, ni comme fille, ni comme femme, ni comme mère, vous bénit avec tout son amour... Allez! adieu!

(Elle défaille.)

MICHEL

Adieu, mère.

GÉRARD

Adieu, Marie.

MICHEL ET GÉRARD

Adieu tous...

(Ils sortent.)

SCÈNE V

LES PRÉCÉDENTS, moins GÉRARD, MICHEL

MADELEINE, en extase

Ils ne savent rien... Je suis heureuse...

MARIANNE, à la fenêtre, écoutant

Des Français, peut-être... mais si c'étaient les autres...

GUILLAUME

Notre maison est bien cachée... Dans le temps, quand je voyais, il m'arrivait souvent, en revenant de Verdun, de chercher notre toit perdu dans la haute futaie. Depuis on n'a pas abattu d'arbres autour de nous... Je ne me rappelle guère avoir entendu la cognée des bûcherons et les arbres ont grandi. La maison, si haut perchée qu'elle soit, doit se faire toute petite au milieu de ces géants de la forêt.

(Nouvelles détonations plus rapprochées.)

MADELEINE

Mon Dieu !!

SCÈNE VI

LES PRÉCÉDENTS, MICHEL, GÉRARD

(Michel est blessé, Gérard le soutient. On s'élance vers eux.)

GÉRARD

Les Autrichiens...

MADELEINE

Michel, blessé !...

MARIE

Michel.

MICHEL

Ne vous occupez pas de moi !...

MADELEINE

Marie... de l'eau... du linge...

GÉRARD, très ému

Marie... Marie... c'est mon frère qu'elle aime !

MADELEINE

Mon enfant... ne meurs pas, ne meurs pas... Ah ! guerre maudite ! guerre maudite !!

MICHEL, haletant

Ne vous occupez pas de moi, vous dis-je. C'est un parti de soldats en maraude... mais ils vont s'apercevoir que le passage des Islettes n'est pas gardé... Ils l'occuperont en attendant le gros de l'armée... Alors c'est l'ennemi débordant dans toute la France comme une inondation... Il faut... il faut prévenir les autres, à tout prix... Gérard !...

GÉRARD

Je passerai ou ils me tueront...

(On entend du bruit.)

GUILLAUME

Je les entends! Vite, mettez la barre à la porte de la cour.. Cela vous donnera le temps de fuir...

(Marie et Marianne sortent et rentrent presque aussitôt.)

MADELEINE

Fuir? Il peut à peine se tenir debout !

MICHEL

Va, Gérard... va... Eux, feront de moi ce qu'ils voudront...

GÉRARD

S'ils te prennent... Ils nous connaissent... Ils exècrent notre nom... Nous leur avons échappé cent fois... Cent fois nous les avons bravés pour soulever les villages derrière eux, enlever leurs convois, porter les ordres des généraux. Ils ont mis notre tête à prix !

MARIE, rentrant

Fuyez, ils démolissent l'entrée de la cour...

MADELEINE

Peux-tu marcher ?

MICHEL

Si vous m'aidez, peut-être.

MADELEINE

Ah ! mon enfant. Par amour pour moi, viens.

MARIANNE

Par les caves, vite, vite... Marie, accompagne-les... Le soupirail vous mettra dans les fourrés... conduisez-le jusqu'aux ruines du château de Claon... Il est facile de s'y cacher et personne n'ira le chercher là... Nous prendrons soin de lui. Vous, Gérard, vous irez où votre devoir l'exige...

MARIANNE

Fuyez, fuyez ! les voici dans la cour !
(On brise la porte, ils sortent.)

GUILLAUME

Ah ! les bandits ! Ils brisent tout !

SCÈNE VII

MARIANNE, GUILLAUME, un OFFICIER AUTRICHIEN, des SOLDATS, puis MARIE

MARIANNE

Ainsi, les voilà chez nous... L'étranger sous notre toit... Je croyais pourtant mourir sans un pareil cauchemar... mais je n'y survivrai pas...

GUILLAUME

Les bandits !... Les bandits !

MARIANNE

Pour la première fois, j'envie ton bonheur. Guillaume, tu ne peux pas les voir...
(Elle va ouvrir. Les soldats entrent.)

L'OFFICIER

Deux hommes, dont l'un blessé, viennent de se réfugier ici.

MARIANNE

Il n'y a ici d'autres hommes que ce vieillard... un aveugle..

GUILLAUME

Un aveugle... est-ce même un homme ? aveugle, c'est être mort...

MARIANNE

Ce vieillard, moi et ma petite fille !

L'OFFICIER

Fouillez partout !

(Les soldats sortent.)

MARIANNE

Fouillez !

L'OFFICIER

Cinq cents thalers pour celui qui les prendra !

MARIANNE, *le regardant*

Voilà ceux qui viennent porter la mort chez nous !

L'OFFICIER

Qu'est-ce que vous avez à me regarder, ma bonne femme, vous avez peur ?

MARIANNE, *grave*

Non ! Je vous hais, mais vous ne me faites pas peur ! Vous êtes des hommes comme les autres et vous avez des femmes et des mères qui pleurent dans votre pays ! Je hais en vous ceux qui vous commandent la guerre... Mais, en vous voyant, j'ai des pensées qui ne me sont jamais venues... il me semble maintenant que vous me faites aimer des choses auxquelles je ne m'étais jamais arrêtée quand nous étions paisibles. On dirait que ma maison grandit, s'ouvre, s'étend sur toute la France... On dirait que ma famille se peuple de tout ce qui parle la même langue que moi, de tout ce qui pense comme moi, de tout ce qui a ma foi, mes aspirations, mes habitudes... mes souvenirs... C'est singulier... Jamais je n'avais pensé à cela... Et en vous entendant ordonner en maître dans la chaumière si humble où je suis née, au milieu de ces champs où poussent à tous les printemps les brins d'herbe que j'ai vus pousser les années précédentes, je me dis que moi, qui suis bien près de la mort, je vous verrais avec joie... sans trembler... sans regrets... mourir devant moi.

(Les soldats rentrent.)

L'OFFICIER, haussant les épaules

C'est la guerre ! (Aux soldats.) Sergent, des factionnaires en ligne perdue... Je préviens le général que nous tenons, par surprise, ce passage de la forêt... Toi, avec le reste des hommes disponibles, des abatis en travers de la route... des barricades et des fossés...

(Marie entre.)
(Les soldats sortent avec l'officier.)

MARIANNE

Sauvés ?

MARIE

Gérard blessé comme son frère ; j'ai soutenu Michel, Madeleine a pris Gérard et nous les avons conduits sans faiblir jusqu'au château... Je ne me croyais pas si forte...

MARIANNE

Dangereusement blessé ?

MARIE

Oui, mais ni lui, ni Michel, ne songeant à leurs souffrances... Lui et Michel pleurant... pleurant de grosses larmes ... pleurant comme pleurent les enfants...

GUILLAUME

Pleurant...

MARIE

Pleurant d'être sans forces... quand de chaque minute qui s'écoule, dépend le salut... (Silence.) Voici les dépêches qu'ils portaient et leurs paroles. « Si, avant ce soir, les Français ne sont pas prévenus et ne reprennent pas le défilé, c'en est fait de la Patrie... »

(Elle va pour sortir.)

MARIANNE

Où vas-tu ?

MARIE

Les rassurer, grand'maman, en leur disant que j'ai remis ces dépêches entre vos mains.

(Elle sort.)

SCÈNE VIII

MARIANNE, GUILLAUME

(Silence. On entend, dehors, des coups de pioche et un bruit d'écroulement.)

GUILLAUME

Qu'est-ce qu'ils font ?

MARIANNE

Des créneaux dans le mur de la cour !

(Elle a été voir.)

GUILLAUME

Mais ces craquements qui me rappellent les nuits de tempêtes, quand le vent se bat avec les grands chênes ?...

MARIANNE

Ce sont les arbres qu'ils abattent.

GUILLAUME

Nos beaux arbres... Je ne les voyais plus depuis longtemps, mais je les aimais toujours.

(Silence.)

MARIANNE

As-tu bien entendu ce que disait Marie ?

GUILLAUME

Quoi donc ?

MARIANNE

Le pays perdu si les Français ne reprennent pas les Islettes !...

GUILLAUME

Il n'est plus temps.

MARIANNE

Peut-être !

GUILLAUME

Et puis, qui se dévouerait ? Au village, il n'y a que des femmes... des enfants tout petits !...

MARIANNE

Pourquoi s'adresser au village, ne sommes-nous pas là ?

GUILLAUME

Toi ? faible comme tu es... tu ne ferais pas vingt pas sans tomber... Marie ? Elle se perdrait... Madeleine... elle serait massacrée aussitôt reconnue !

MARIANNE, hésitant

Il y en a un que tu oublies ?

GUILLAUME

Qui donc ?

MARIANNE, à part

Je n'ose pas... Il me semble que je l'envoie à la mort... (Silence. Elle se rapproche et très bas) Toi !

GUILLAUME

Moi, l'aveugle ?

MARIANNE

Oui !...

GUILLAUME

Tu es folle ! Je roulerais dans le premier ravin... (Silence.)

GUILLAUME

Qu'est-ce qu'ils font maintenant ?

MARIANNE

Ils brisent la porte de la grange pour en faire du feu. Les feux qu'ils ont allumés montent si haut que les flammes lèchent le chaume.

GUILLAUME

Ah ! les bandits ! Ils vont tout brûler !

MARIANNE

Que leur importe ? Ce sont des gens qui ne sont pas de chez nous. Ecoute... cette langue rude que nous ne comprenons pas... Ecoute leur gaieté qui nous outrage en riant de nos peines.

GUILLAUME

Pourquoi rient-ils ?

MARIANNE

Ils viennent de tuer notre dernier mouton et le sang a giclé sur le visage du boucher... alors, ils rient. (On entend une trompette.) Est-ce que tu ne trouves pas que leurs fanfares chantent des airs qui nous glacent ? J'ai froid plein le cœur !

GUILLAUME

Les tempêtes passent !

MARIANNE

Les ruines restent !!

(Silence.)

GUILLAUME

On ne les entend plus ! Qu'est-ce qu'ils font ?

MARIANNE

Ils mangent... Ils ont cueilli les poires du verger que je conservais pour Georget !

GUILLAUME

C'est peut-être un de ceux-là qui le tuera, notre gentil Georget. (Il est nerveux. Silence.) Alors, tu crois que si les Français étaient avertis !

MARIANNE

Oui...

GUILLAUME

C'est que nous n'avons rien de plus à perdre.

MARIANNE

Nous, sans doute... Mais les autres ?

GUILLAUME

Les autres? Qui çà ? Les autres?

MARIANNE

Toute la France! Nous ne pouvons pas nous détacher de la terre natale... Elle nous enveloppe comme l'air que nous respirons : c'est le champ toujours en semailles et toujours en moissons. Nous moissonnons les semailles des ancêtres et nous semons les moissons de nos petits-enfants.

GUILLAUME

Je ne te reconnais plus. Tu ne m'as jamais parlé comme ça?

MARIANNE

C'est la venue de ces gens qui m'a toute changée !

GUILLAUME

Pourquoi le hasard viendrait-il me chercher pour me demander l'impossible ?

MARIANNE

Ce sont les vues du bon Dieu, cela, Guillaume... toi seul, tu pourrais réussir, toi, l'aveugle, que personne ne redoute...

GUILLAUME, *nerveux*

Si, encore, on le savait un jour ou l'autre...Si, plus tard, en voyant mes petits-enfants, on disait : Leur grand-père est mort en sauvant la France! Mais personne ne le saurait. Le père Guillaume disparaîtra, et puis bonsoir... C'est dur tout de même... c'est dur...

MARIANNE

Oui, on dirait seulement : « Guillaume est mort pendant l'invasion. » Puis le temps marcherait, ramenant ses fatigues ses misères et notre nom ne serait même plus prononcé.

GUILLAUME

Oh! je ne crains pas la mort.

MARIANNE, bas.

Est-ce bien moi qui viens de lui parler ainsi ?

GUILLAUME

On ne les entend plus !

MARIANNE

Ils dorment... ils digèrent...
(Elle pleure.)

GUILLAUME, bas

Ainsi, tu veux ?

MARIANNE

Ah! je ne veux pas... non!... Oublie tout ce que je viens de te dire... Tu as raison, va, nous sommes vieux et trop près de la fin... Ces choses-là sont pour les jeunes et ne nous regardent plus... Oublie, que je te dis, oublie...

GUILLAUME, suivant sa pensée

Nous étions paisibles. Pourquoi ces gens-là viennent-ils nous enlever notre droit d'être heureux ?

MARIANNE

Non, je ne veux pas.., je ne veux pas que tu t'en ailles... Reste, Guillaume, reste... Si tu allais ne point revenir, vois-tu, ce n'est pas eux qui t'auraient tué... c'est moi... et je ne veux pas avoir un remords pareil! Reste, je te dis, reste...

GUILLAUME

Oui, je crois tout de même que c'est mon devoir. Tu as bien fait de me parler comme ça... j'ai la tête un peu dure... et puis... il y a si longtemps que je vis dans la nuit... des choses m'échappent... ça se brouille... Tu as mis là dedans un peu de lumière... (Il se lève.) Mon bâton... les dépêches, j'y vais !

MARIANNE, pleurant

Mon pauvre homme !

GUILLAUME

Ah ! ne pleure pas ! Si tu pleures, je ne pourrai pas partir !

MARIANNE, à part

Je pleurerai quand il sera parti !

GUILLAUME

Par prudence, embrassons-nous une dernière fois.

MARIANNE

Ecoute ! La venue de ces gens m'a fait beaucoup de mal... Je me sens frappée là, au cœur... si tu ne reviens pas, ne sois pas jaloux, je ne serai pas longtemps sans aller te rejoindre et si tu ne vas pas trop vite en montant là-haut, malgré mes mauvaises jambes, je te rattraperai, va, Guillaume, je te rattraperai !

GUILLAUME

Je t'attendrai... ma bonne vieille ! je t'attendrai !
(Ils s'embrassent.)
(Il sort.)

MARIANNE, seule

Mon Dieu, faites que personne ne se doute que l'aveugle porte avec lui le salut de tout un peuple.

RIDEAU

6e TABLEAU

EN FORÊT D'ARGONNE

UN CARREFOUR EN FORÊT D'ARGONNE

SCÈNE PREMIÈRE

VAUNOISE, ANDRÉ, RÉNIER, DUCHEMIN, LEROY

(Des émigrés défilent en armes, commandés par Vaunoise.)

VAUNOISE

Halte ! Front ! Reposez armes ! (Dépliant un ordre.) Le général de Clerfayt m'a donné l'ordre de prendre possession du carrefour du Chêne-Tordu... Sergent, des grand'gardes... vous connaissez le pays ? Ouvrez l'œil.

ANDRÉ

On ouvrira les deux, capitaine.

VAUNOISE

Du reste, je veillerai. — Rompez vos rangs.

(Ils sortent avec des soldats.)

SCÈNE II

LES PRÉCÉDENTS, moins VAUNOISE, puis ANDRÉ

RÉNIER

Le Chêne Tordu !... Ce que je m'y suis amusé, quand j'étais gamin... il y a là, à deux pas, une mare où je venais pêcher à la ligne...

DUCHEMIN

Où nous tendions des lacs aux merles et aux bouvreuils...

RÉNIER

Qu'est-ce que tu cherches, Henri ?

LEROY

Le bouleau où j'ai découpé mes initiales il y a six mois, un dimanche.

DUCHEMIN

Je me rappelle qu'ici, un soir, à l'affût, l'année dernière, j'ai tué un lièvre, il s'en est fallu de rien que je sois pincé par le garde... celui qui n'avait que trois doigts à la main gauche.

RÉNIER

Il n'a pas voulu émigrer comme nous, lui... il s'est battu à Fontoy...

(On entend sonner lentement au loin.)

DUCHEMIN

Qu'est-ce qui sonne là ?

ANDRÉ, rentrant

Tu ne la reconnais pas ?

DUCHEMIN

Non.

ANDRÉ

C'est à l'Eglise des Islettes... notre cloche fêlée.

LEROY

Ah ! oui !... si près... si près... notre vieille cloche...

ANDRÉ

Ça ne vous fait rien de traverser le pays natal sous les ordres des Autrichiens, et de charger nos fusils contre le village où il y a des vieux...qui nous ont vus venir au monde.

LEROY

Si, moi, j'ai le cœur tout brouillé.

(Silence.)

ANDRÉ

Elle sonne pour un mort... écoutez.

LEROY, ils se découvrent

Oui... pour un mort...

ANDRÉ

Encore un de parti au village...

DUCHEMIN

Moi, j'y ai laissé ma mère malade...

ANDRÉ

Moi, deux petits frères. Ils me criaient : Ne t'en va pas, André, reste avec nous !... Au lieu de ça, il se pourrait que la balle de mon fusil aille jusqu'à la maison... fouiller dans l'un de ces petits cœurs... Ah !

(Il met sa tête entre ses mains et reste immobile, comme s'il pleurait.)

RÉNIER

Moi, j'ai une petite sœur, si fragile, si délicate...

ANDRÉ

Dormons ! Ne pensons plus.

DUCHEMIN

Oui, essayons de dormir... si on peut.

(Ils s'étendent.)

LEROY

André, tu la sais bien, toi, notre chanson de l'Argonne... avec laquelle tu endormais tes frères...

ANDRÉ

Oui.

LEROY

Chante-la, veux-tu ?

ANDRÉ

Soit... et qu'elle nous fasse le sommeil plus doux, mes amis...

(Il chante.)

Derrièr'chez mon père
Vole, vole, mon cœur vole
Derrièr'chez mon père
Y a-t-un pommier doux
Et iou, tout doux,
Tout doux, et iou,
Y a-t-un pommier doux.

(Tous, très bas.)

Et iou, tout doux...
(etc.)

(Peu à peu ils se mettent la tête entre les mains. André ne continue pas, lui-même très ému.)

LEROY

Nous aurions mieux fait de te demander autre chose... Ça rappelle trop le pays.

RÉNIER

Ça nous est entré là en nous faisant mal...

DUCHEMIN

Ne chante plus, André, ne chante plus.

ANDRÉ

Qui sait si, en regardant le village, les volontaires de chez nous ne la chantent pas aussi, la vieille chanson qui a bercé leur enfance, comme la nôtre ?

SCÈNE III

LES PRÉCÉDENTS, VAUNOISE, MARCADIEU, GUILLAUME

VAUNOISE

De là-bas, on aperçoit les ruines de mon château. C'est, ma foi, d'un effet très pittoresque dans les arbres. Il n'y a pas à dire... la chose a été fort proprement faite. Et comme le quartier général de Clerfayt campera sûrement ce soir aux alentours, demain je pourrai faire les honneurs de mes ruines... Où vai-je me coucher ?

(Il sort.)

UN FACTIONNAIRE

Qui vive ?

VOIX DE MARCADIEU, au dehors

France !

LE FACTIONNAIRE

France ? Hé ! hé ! Approchez donc un peu qu'on vous dévisage.

GUILLAUME

Vous êtes bien des Français, n'est-ce pas ?

LE FACTIONNAIRE

Que leur voulez-vous, aux Français ?

MARCADIEU

Est-ce qu'il y a moyen de s'y tromper, voyons ?

GUILLAUME

Oui, vous êtes bien des Français... un air du pays que vous chantiez, est venu jusqu'à nous, et cela nous a guidés, le colporteur et moi, pour trouver votre campement. Je voudrais parler à celui qui vous commande.

LE FACTIONNAIRE

Attendez !

GUILLAUME

Qu'il se hâte... qu'il se hâte de m'écouter. Une minute de retard serait un remords pour tout le reste de sa vie.

DE VAUNOISE

(Entre le comte.)

Marcadieu ! ce misérable.

MARCADIEU, bas, allant à lui

Monsieur le Comte, avant tout, un mot.

VAUNOISE

Que veux-tu ? (le reconnaissant, à part).

MARCADIEU

J'étais à la mare aux Fées... l'aveugle m'y a rejoint et m'a prié de le conduire auprès des bataillons de Marceau. Je vous l'amène... Français pour Français, vous en valez bien d'autres. Je devine qu'il doit avoir des nouvelles importantes ... Il les aurait données à Marceau... Il vous les donnera... Vous en ferez votre profit, et vous n'oublierez pas le mien...

VAUNOISE, à part

Mon devoir, mon triste devoir, m'oblige à profiter de cette infamie ! (Hésitant.) Ai-je bien le droit d'écouter ce qu'il veut dire ? Les lois de la guerre me l'ordonnent et pourtant il me semble que je vais commettre une mauvaise action... Mais si je l'avertis... si je lui dis Français, tu crois t'adresser aux Français qui défendent la France, alors que tu parles à des Français qui la combattent, si je lui dis cela, je suis parjure ... parjure avec moi-même, avec les engagements pris... parjure à la parole donnée... parjure à mon roi...

GUILLAUME

Pourquoi tardent-ils tant ? Je ne suis donc pas ici chez des Français ?

MARCADIEU, bas

Mais si, patience. (Au comte.) Monsieur le comte, vous ferez si bien qu'il ne se doutera pas du coup...

VAUNOISE, calme

Colporteur...

MARCADIEU, empressé

Monsieur le comte ?

VAUNOISE

Il me vient une idée...

MARCADIEU, aimable

Si je puis vous être bon à quelque chose ?

VAUNOISE

Oui... l'envie folle de te voir tirer la langue, au sommet du plus haut de nos chênes.

MARCADIEU, reculant

Ah! mais! Ah! mais, à savoir.

VAUNOISE

Va-t-en ou je te ferai pendre. — Va-t-en.

MARCADIEU, sortant

A savoir!
(Ils sortent.)

SCÈNE IV

GUILLAUME, VAUNOISE, LES ÉMIGRÉS, çà et là endormis.

VAUNOISE, à Guillaume

Que me voulez-vous ?

GUILLAUME

Vous êtes leur chef?

VAUNOISE

Oui.

GUILLAUME

Alors, vite, vite, écoutez-moi sans m'interrompre... Ma ferme des Islettes est en la possession d'un parti d'Autrichiens... Mais ils sont en petit nombre... une attaque vigoureuse... avant qu'ils ne soient secourus et ils seraient bousculés... Vous m'écoutez bien, n'est-ce pas?

VAUNOISE, très bas

Oui.

GUILLAUME, inquiet

Excusez, je n'ai pas entendu ce que vous me répondez.

VAUNOISE

Je vous écoute.

GUILLAUME

Si les Français leur abandonnaient le passage, le seul obstacle à l'invasion, la forêt d'Argonne, serait franchi par l'ennemi. Vous m'écoutez?

VAUNOISE

Oui.

GUILLAUME

Je n'entends pas.

VAUNOISE

Continuez...

GUILLAUME

Comme vous êtes ému... Vous tremblez...

VAUNOISE, avec une rage contenue

Continuez...

GUILLAUME

Deux courriers, les frères Hubertal, qui essayaient de passer les lignes ennemies sont blessés et cachés dans les ruines de Claon.

VAUNOISE, à part

Chez moi! Mais ils sont perdus!

GUILLAUME

Voici leurs dépêches.

VAUNOISE, lisant

« Je serai, coûte que coûte, sur les hauteurs de Gisaucourt
« en avant du moulin de Valmy, dans la nuit du 18 au 19
« septembre... C'est à Valmy qu'il faudra vaincre ou mourir.
« Kellermann ! »

GUILLAUME

Faites qu'elles soient remises à votre général en chef...

VAUNOISE

Cette infamie ! !

GUILLAUME

Sans délai, n'est-ce pas? Sans délai ! Dites? Il faut me le urer?

VAUNOISE, il fait le geste de déchirer les dépêches

Non, non, je ne veux pas, je ne veux pas.

GUILLAUME

Vous ne voulez pas... sauver l'armée?

SCÈNE V

LES PRÉCÉDENTS, UN OFFICIER AUTRICHIEN

LE FACTIONNAIRE

Qui vive?

L'OFFICIER

Autriche !

LE FACTIONNAIRE

Passez !

GUILLAUME

Autriche ?
(L'estafette entre.)

L'OFFICIER

Aux armes ! (Les émigrés se réveillent, se lèvent.) La route de

Paris est en notre pouvoir, tenez ici jusqu'au dernier. Ordre du général en chef. (Il remet l'orde à Vaunoise.) Monsieur, je viens d'apercevoir sur la côte un bataillon français avec de l'artillerie. Dieu vous garde!

(Il sort.)

SCÈNE VI

LES PRÉCÉDENTS, moins L'OFFICIER

GUILLAUME

Mais qui êtes-vous donc, vous, qui recevez des ordres de l'Autriche ?

VAUNOISE

Le comte de Vaunoise.

GUILLAUME

Ah ! malheureux ! malheureux !

ANDRÉ

Mais c'est le père Guillaume !!

RÉNIER

C'est l'aveugle des Islettes...

DUCHEMIN

Bonjour, mon bon Guillaume.

GUILLAUME

Arrière !! Ah ! les misérables ! les misérables !! Ils se sont joués de ma vieillesse... ils ont ri de l'aveugle... Sacrilèges ! (Ils veulent lui prendre la main, il les repousse.) Arrière, je vous dis... Vous n'êtes pas des enfants de France... Votre langage n'est plus le mien... Vous venez chez nous, armés, pour combattre vos frères et le sang que vous répandez est celui qui coule dans vos veines... Parricides ! Parricides !

GUILLAUME

Il y a, parmi vous, ceux des Islettes, n'est-ce pas?

ANDRÉ ET TOUS

Oui.

GUILLAUME

Jean Duchemin? Jean Duchémin

DUCHEMIN, triste

C'est moi, père Guillaume.

GUILLAUME

Ta mère agonise. Henri Leroy ?

LEROY, de même

Que me voulez-vous, Guillaume ?

GUILLAUME

Ta promise — on sonnait pour elle tout à l'heure au village... Antoine Rénier...

RÉNIER

Moi?

GUILLAUME

Ton père a été tué dans la forêt en se battant tout seul contre vingt hulans... Vous êtes punis. Vous êtes punis.

VAUNOISE

Reconduisez ce pauvre homme jusqu'aux Islettes.

GUILLAUME

Non, je ne veux pas, je ne veux pas. Je veux aller vers les Français pour leur répéter ce que je vous ai dit... A moi! A moi!! (Pleurant.) Je vous en supplie... C'est un crime de m'avoir laissé partir... il valait mieux me tuer... alors, vous n'avez pas le droit. Mes amis, monsieur de Vaunoise, non, vous n'avez pas le droit d'user de mon secret, de vous en servir contre nous. Ce serait abominable.

VAUNOISE

Guillaume!

GUILLAUME

Dieu vous condamnerait, condamnerait votre cause, vos chefs, vos princes... votre roi!!

VAUNOISE, bas

Pas un d'eux n'a entendu ce que vous m'avez dit... seul je possède votre secret...

GUILLAUME

Pitié! Pitié!

VAUNOISE

Tenez, voici les dépêches de Kellermann. Reprenez-les.

GUILLAUME

Vous ne parlerez pas?

VAUNOISE

Non!

GUILLAUME, pleurant et lui embrassant les mains

Ah! cœur de Français! Mais nous sommes perdus, perdus quand même, si vos hommes continuent d'occuper ce passage.

VAUNOISE, triste, mais ferme

Guillaume, j'ai des ordres. Adieu (A André.) Sergent, vos hommes sous les armes... moi, je vais m'assurer que nos avant-postes font bonne garde.

GUILLAUME

André! mes amis... mes enfants... Vous ne pouvez pas lui obéir?...

ANDRÉ, triste

Silence, Guillaume, il n'y a plus ici que des soldats!

GUILLAUME, désespéré

Perdus! Perdus!

ANDRÉ, à ses hommes

A vos rangs!

(On entend la chanson des Trois Princesses dans le lointain de la forêt.).

Derrière chez mon père

Vole, vole, mon cœur vole,
Derrière chez mon père
Y a-t-un pommier doux
Et iou, tout doux,
Tout doux, et iou,
Y a-t-un pommier doux.

LES ÉMIGRÉ

Ecoutez ! Ecoutez !

ANDRÉ, troublé

La chanson du pays !

GUILLAUME

Ce sont les volontaires des Islettes qui passent.

ANDRÉ

Ils passent si près qu'on reconnaîtrait presque la voix de celui qui chante.

GUILLAUME

Je l'ai reconnue, moi, c'est Georget, le... petit sans cœur.

DUCHEMIN

André... réponds-leur... réponds-leur...
(Le refrain par les émigrés.)

ANDRÉ, chantant

Trois belles princesses
Vole, vole, mon cœur vole,
Trois belles princesses
Sont couché 's dessous
Tout doux et iou,
Tout doux et iou,
Sont couché 's dessous.

GUILLAUME

Vont-ils répondre à leur tour ?...
(En coulisse.)

Ça, dit la première

Vole, vole, mon cœur vole,
Ça, dit la première
Je crois qu'il fait jour.
Tout doux et iou,
Tout doux et iou,
Je crois qu'il fait jour.

LE ROY

Où vas-tu, André?

ANDRÉ

Je vais les rejoindre ! Venez !

GUILLAUME

Que se passe-t-il, près de moi, dans l'âme de ces malheureux égarés ?

(Au fur et à mesure que le couplet est chanté, les émigrés quittent leur bivouac, arrachent leurs cocardes à leurs brassards, sourient à la chanson lointaine, s'éloignent dans la direction des voix, les bras tendus, comme attirés, et disparaissent dans la forêt. Pendant ce jeu de scène et pendant que l'on entend le 3e couplet, Guillaume semble deviner ce qui se passe.)

GUILLAUME, inspiré

Ils s'en vont. Ils s'en vont. Ils retournent vers les vieux souvenirs... vers tout ce qui est la famille... vers tout ce qui est le Pays. Je les vois, je les vois... Oh! mes enfants, l'aveugle vous bénit!

(On n'entend plus la chanson.)

SCÈNE VII

GUILLAUME,

GUILLAUME, seul

Non!... non !..., rien n'est perdu... c'est maintenant qu'il faudrait se hâter... Et je suis seul... seul... (Il essaye de se conduire, se heurte à tous les arbres, tourne et retourne dans le même cercle.) Ah ! cette nuit ! cette horrible nuit.

SCÈNE VIII

GUILLAUME, GEORGET

(Georget entre avec précautions, rampant dans les arbres, et se lève en voyant que l'aveugle est seul.)

GEORGET, à part

Grand papa!!!

(Il va doucement, lui prend la main, la pressant contre lui avec câlinerie.)

GUILLAUME, bas

Qui est là ? Qui êtes-vous? Etes-vous celui qui vient à mon aide ? (Georget ne répond pas, Guillaume le tâte.) Un uniforme... français cette fois. (Il enlève le chapeau de Georget et lui caresse les cheveux. Son émotion augmente; on voit qu'il retient ses larmes, et enfin, il éclate avec un cri de joie en le reconnaissant.) Ingrat! Ingrat!... Mon Georget!... Mon petit Georget!!!)

(Ils sont enlacés.)

RIDEAU

7e TABLEAU

UNE NUIT DANS LES RUINES

Un poste avancé de l'armée autrichienne. L'ennemi occupe les ruines du château du comte de Vaunoise qui a été incendié au premier tableau. A droite du spectateur, un cellier qui descend sous terre comme une cave et qui a une porte d'entrée donnant sur le théâtre. La porte d'entrée est en bon état, épargnée par les flammes et se ferme encore à clef. Grands pans de murailles noircis, derrière lesquels on peut se cacher. Amas de décombres du haut desquels les deux frères descendront tout à l'heure.

SCÈNE PREMIÈRE

VAUNOISE, UN GÉNÉRAL AUTRICHIEN, UN OFFICIER
SOLDAT

LE GÉNÉRAL, à un officier

Laissez pénétrer dans ces ruines quiconque se présentera. Mais ordre de ne laisser sortir personne.

DE VAUNOISE

Où peuvent bien être cachés les deux frères Hubertal ? (L'officier sort.)

LE GÉNÉRAL, à de Vaunoise

Ainsi, Monsieur, cet aveugle ne vous a rien dit de plus sur leurs projets ?

VAUNOISE, après hésitation

Rien!... (Vivement et pour changer de conversation.) Et toutes mes excuses, général, pour vous recevoir en plein air chez moi. Il ne me reste pas une toiture... (Apercevant les soldats qui vont et viennent dans les ruines.) Que fait donc cet homme avec vos soldats ?

LE GÉNÉRAL, riant

Notre cantinier? Ses provisions sont épuisées et il s'assure que vos sans-culottes n'ont rien oublié en vous pillant!

VAUNOISE, riant

S'il reste quelque chose j'ai confiance en vos soldats, ils s'y entendent!...

(A part.) Pourvu qu'ils ne découvrent pas ces deux malheureux ? (Haut.) Général, permettez donc que je vous fasse les honneurs de mon château.

LE GÉNÉRAL

Vous acceptez tout en riant, vous autres Français!

VAUNOISE

Oui! Mais nous avons inventé différentes couleurs du rire. Par exemple... le mien est jaune!... Tenez, général, là était le grand salon. Vous n'avez pas idée comme c'était luxueux! Ici où nous sommes, la cour d'honneur, toujours encombrée d'équipages... et derrière ce mur noirci, les appartements de réception... des tableaux, des tapisseries, de l'orfèvrerie, des richesses incalculables!...

(Il s'appuie.)

LE GÉNÉRAL

Incalculables?

(Il sourit.)

VAUNOISE

Incalculables!... C'était un petit Versailles!... oh! tout petit! Maintenant... (A part.) Le cellier! Ils ne peuvent être que là !... (Haut.) Général, voici vos soldats dans ma chambre à coucher !... Fi ! Général...

LE GÉNÉRAL, riant

Oh ! comte !... des pierres !...

VAUNOISE, en confidence

Ces pierres ont entendu tant de choses !...
(Les soldats descendent dans le cellier.)

LE GÉNÉRAL, riant

Les murs ont des oreilles !...
(On entend du bruit dans le cellier).

VAUNOISE

Ils étaient là !

LE GÉNÉRAL

Que se passe-t-il ?
(Il se rapproche. Vaunoise veut l'éloigner.)

VAUNOISE, agité

Oh ! ils auront trouvé quelque flacon oublié !... un vin, Général, un vin !... On m'en empruntait souvent à la Cour pour les grands galas de sa Majesté.
(Les soldats sortent.)

LE SOLDAT

Général ! un nid...

LE GÉNÉRAL

Un nid ?

LE SOLDAT

Avec deux oiseaux.
(On pousse les deux frères dehors.)

SCÈNE II

LES PRÉCÉDENTS, MICHEL, GÉRARD

LE GÉNÉRAL

D'où sortez-vous donc, vous autres ?

MICHEL, ils se soutiennent

Dame! Si l'on vous disait que nous tombons du Ciel!...

LE GÉNÉRAL

Qui êtes-vous?
(Ils regardent le comte en hésitant.) (Le comte les regarde.)
(Au comte.) Monsieur de Vaunoise, sont-ils de votre pays?

MICHEL, à Gérard

Le comte de Vaunoise!

VAUNOISE

Ma foi, Général, je ne les ai jamais vus... (Rudement.) Voyons, mes gaillards, vous n'êtes pas des Islettes?... Non!...

MICHEL

Natif de Phalsbourg, en Alsace.

GÉRARD

Moi de Toul, en Lorraine...

VAUNOISE, au général, vivement

Deux pauvres diables chassés de chez eux par ces temps de misère; pas à redouter, à mon avis, Général!

LE GÉNÉRAL

Nous verrons bien.

MICHEL, haussant les épaules

Comme le dit, Monsieur, c'est la guerre qui nous a fait partir de chez nous... et nous nous sommes rencontrés pas loin d'ici... du côté de Verrières... Nous avons lié nos misères ensemble!

GÉRARD

On allait à l'aventure, mendiant, travaillant, bien reçus... mal reçus, arrêtés partout, et partout relâchés...

MICHEL

Par les soldats de Kellermann...

GÉRARD

Les Prussiens de Brunswick....

MICHEL

Aujourd'hui par les Autrichiens.

GÉRARD

Demain par les volontaires de Dumouriez.

LE GÉNÉRAL

Pourquoi vous cachez-vous ?

MICHEL

Nous ne nous cachons pas... Nous avions trouvé un abri ... et nous dormions...

LE GÉNÉRAL

Mais vous êtes blessés ?...

MICHEL

Oui ! Nous sommes tombés dans une carrière...

GÉRARD, bas

Je n'en puis plus...

MICHEL

Frère...

VAUNOISE

Il me semble, Général, que le mieux est de faire donner à ces pauvres gens quelque nourriture et de ne s'en plus préoccuper...

LE GÉNÉRAL, ironique

Vous croyez cela, vous, Monsieur ?...

VAUNOISE

Ils ont l'air si malheureux...

LE GÉNÉRAL, à ses soldats

Qu'on les fouille !... (A d'autres.) Vous, allez me chercher des gens du village, les premiers que l'on rencontrera...

(Ils sortent.)

VAUNOISE

Pourquoi faire, Général !

LE GÉNÉRAL

Parce que je devine en eux deux de nos plus redoutables ennemis, deux courriers qui, ce matin même, ont été blessés en essayant de traverser nos lignes, les frères Hubertal... (Souriant.) Monsieur, ne vous semble-t-il pas que nous venons de jouer au plus fin ?

VAUNOISE, de même

Général, avec vous, c'était perdre d'avance...

LE GÉNÉRAL

Trop aimable !

LE SOLDAT

Rien sur eux, Général !

LE GÉNÉRAL

N'importe, si ces hommes sont bien ceux que je crois, tout le monde ici doit les connaître. A défaut de vous, Monsieur, le premier venu va me renseigner...

(Entrent Madeleine et Marie, avec des soldats.)

SCÈNE III

LES PRÉCÉDENTS, MARIE et MADELEINE

UN OFFICIER AUTRICHIEN

Nous avons vu rôder ces femmes autour du campement, portant un panier de vivres. Elles se sont laissé amener sans résistance !

LE GÉNÉRAL

Avancez !

VAUNOISE

La mère !

MADÉLEINE, voyant ses fils

Perdus !

(Elle veut s'élancer.)

(Les fils et la mère se regardent longuement.)

LE GÉNÉRAL

Vous êtes de ce pays toutes deux ?

MARIE et MADELEINE

Oui !

LE GÉNÉRAL

Où alliez-vous ?

MADELEINE

Nous rentrions au village...

LE GÉNÉRAL

Connaissez-vous ces deux hommes ?

MADELEINE

Ces deux ?...

LE GÉNÉRAL

Qu'avez-vous à trembler ?

MADELEINE, tremblante

Pourquoi voulez-vous savoir si je les connais ?

LE GÉNÉRAL

Répondez !

MADELEINE, à part

Que répondre ?... Vais-je les perdre ?.. Vais-je les sauver ?

LE GÉNÉRAL

Eh bien ?

MADELEINE

Excusez !... (Elle s'essuie les yeux). Je ne les vois pas très bien !

LE GÉNÉRAL

Approchez-vous !..

MADELEINE

J'ai bien regardé... non... vraiment, je ne les connais pas...

LE GÉNÉRAL, menaçant

Prenez garde!

MADELEINE

Je ne mens pas... mais ils sont blessés... Ne voyez-vous pas comme ils ont l'air de souffrir?.. (Elle se tait devant le regard de ses fils. — (A part.) Non! Non! Je ne dirai plus rien!

LE GÉNÉRAL

Et vous, la jeune fille?

MARIE, même jeu que Madeleine

C'est la première fois que je vois ces deux pauvres garçons...

LE GÉNÉRAL, soupçonneux

Voilà bien de la pitié pour des étrangers!

MARIE

En France, nous plaignons les malheureux sans leur demander comment ils se nomment!

VAUNOISE, riant

Ne vous paraît-il pas, Général, qu'en voulant jouer au plus fin vous n'avez pas gagné?

LE GÉNÉRAL

Patience!... Ces hommes sous clefs avec un factionnaire à la porte, et jusqu'à nouvel ordre que ces deux femmes ne sortent pas du camp. (A Gottlieb.) 500 thalers pour toi si ce sont bien les frères Hubertal; veille sur eux. C'est ton intérêt. (A Vaunoise.) Monsieur vous êtes de ce pays, votre présence aux Islettes peut nous être utile, vous accompagnerez le bataillon que j'y envoie. Monsieur, je vous salue. (Il sort.)

DE VAUNOISE

Général!

GOTTLIEB

500 thalers, il s'agit de ne pas s'endormir.

(En coulisse.)

Bonne eau de vie... deux sous le petit verre... des dragées de Verdun.

MARIE

C'est la voix de Georget.

(Jolibois, Godefroy, Georget en femme, traînant et poussant une petite voiture dans laquelle il y a des boîtes de dragées, des flacons des verres, des tables à trépieds, des tabourets, etc..., etc... Des Autrichiens se pressent autour d'eux en buvant.)

LES SOLDATS

Encore un verre! Encore un verre!

GEORGET

Voilà, braves guerriers, voilà! (A Marie, bas.) On va tenter de les délivrer; cours au camp de Marceau et veille sur grand-père!

(On verse, on boit, on paye, Godefroy débouche sans cesse flacons sur flacons.)

(On emmène Gérard et Michel.)

JOLIBOIS

Attention! C'est le gros barbu qui a la clef.

UN OFFICIER AUTRICHIEN

Que faites-vous là, vous autres?

GODEFROY

Excusez! A peine en forêt nous avons vu des soldats partout. Nous étions bien entrés, mais pas moyen de sortir.

JOLIBOIS

Et pour ce que nous vendons, mon officier, des liqueurs et des dragées de Verdun...

GEORGET

Aux braves soldats de l'Empereur d'Au...

TOUS LES TROIS, ils éternuent

... Triche

L'OFFICIER, après les avoir examinés, ce qui leur permet de prendre des poses innocentes

Soit !

SCÈNE IV

JOLIBOIS, GODEFROY, GEORGET, VAUNOISE, GOTTLIEB, SOLDATS, FRANTZ

GEORGET, à Vaunoise

Une dragée, mon officier ?

VAUNOISE, le reconnaissant

Georget !

GEORGET, effrayé

M. de Vaunoise !

VAUNOISE, regardant vers le cellier

Ah ! je comprends !

GEORGET, à part

Il va nous perdre !

GODEFROY

J'ai aussi quelques tableaux de bataille.

VAUNOISE

Ah ! ah ! Vous êtes peintre ?

GODEFROY, modeste

Un peu !..

JOLIBOIS

Godefroy Auguste, l'inventeur de la peinture sans jaune. (Ils se saluent.)

VAUNOISE, riant

Mais il n'y a que du jaune là-dedans, rien que du jaune... On dirait des gens vêtus de safran, se battant avec des fusils en cuivre dans les blés mûrs, sous un ciel d'or... pendant que des oiseaux qui ont l'air de serins...

GODEFROY

J'ai perdu mes autres couleurs.

VAUNOISE

Hé! Hé! monsieur le peintre, vous êtes patriote, il me semble?

GODEFROY

Pourquoi?

VAUNOISE

Où diable avez-vous vu les Autrichiens si bien bousculés par les sans-culottes?

GODEFROY

C'est un tableau d'avenir...

JOLIBOIS

Monsieur, vous ne le tenez pas bien! (Il retourne le tableau en sens inverse.) Comme çà, voyez-vous, ce sont les sans-culottes qui ont le dessous.

VAUNOISE, riant

Ah! ah! ah! Ils sont pleins de ressources. (On entend une sonnerie.) Le ralliement! (Aux soldats.) A vos rangs. (Il les pousse et va baiser les mains de Georget.) Mademoiselle, si j'avais connu dans mon pays une aussi jolie fille... je n'aurais jamais voulu quitter la France!.. (Il lui baise la main. Bas.) Tu risques ta vie, mon pauvre petit! (Haut.) Mademoiselle!.. (Il sort.) En avant, arche!

SCÈNE V

JOLIBOIS, GODEFROY, GEORGET, GOTTLIEB, FRANTZ

GODEFROY

Il se moque de nous.

GEORGET, ému

Non! il nous laisse le champ libre!

GODEFROY, à Frantz, lui offrant à boire

Alors, allons-y. Camarade !

FRANTZ

Au larche !

JOLIBOIS, même jeu, à Gottlieb

Camarade ?

GOTTLIEB

Au larche !

JOLIBOIS

Ils ne sont pas commodes !

GEORGET

Je vais essayer, moi ! (A Frantz.) Camarade ? Eh ! Eh !.. (Il pousse le coude du factionnaire et le regarde avec des yeux en coulisse.)

FRANTZ

Au larche !

GEORGET, à Gottlieb, même jeu

Diable ! J'aurai peut-être plus de chance avec l'autre !... (Haut.)

Eh ! Eh ! bonjour !

GOTTLIEB

Ponjur !

GEORGET

Monsieur le cantinier, nous pourrions vous vendre quelques bonnes bouteilles.

GOTTLIEB

Bas t'archant — au large.

GEORGET

Goûtez toujours (il lui fait des mines), ça n'engage à rien... après on s'entendra sur le prix.

GOTTLIEB

Elle est cholie.

GEORGET

Il se déride, celui-là !

GOTTLIEB

C'est à la betite que je futrais gûter... Je feux pien gûter, mais rien qu'une tute betide gûtte, si fus gûtez avec moi.

GEORGET

Avec plaisir.
(Georget verse un grand verre.)

JOLIBOIS

Il appelle ça « une tute bétite gûte » !

GODEFROY, à Frantz

Voyons ? Comme le camarade ?

FRANTZ, se tordant en coliques

Au larche !

GOTTLIEB, conciliant

Malate ! Gôliques !
(Il imite Frantz qui se tord.)

JOLIBOIS, l'imitant

Gôlique ! Il paraît qu'ils ont tous la colique dans leur armée.

GODEFROY

Ils ont mangé trop de raisins verts

GODEFROY, offrant un petit verre au second

Très bon ! Très bon pour la gôlique !

FRANTZ

Ya ! Ya !
(Il boit, après avoir regardé partout.)

GEORGET

Nous avons aussi d'excellentes dragées de Verdun !..

GOTTLIEB

Tes trachées !.. La salife m'en vient à la pouche ! (Il ouvre la bouche et laisse voir ses dents.)

JOLIBOIS

Et de si belles dents pour croquer des dragées !

GOTTLIEB, montrant Georget

C'est la bétide que je voudrais groguer ! ah ! ah !
(Il ouvre une bouche énorme. Jolibois lui jette des dragées dedans coup sur coup. Il reste la bouche ouverte.)

GEORGET

Ça mord !

JOLIBOIS

Ferme ! Ne fatigue pas !
(Gottlieb prend la taille de Georget.)

GEORGET, avec pudeur

Oh ! Monsieur le cantinier...
(Frantz est en train de se tordre en se tenant le ventre. Il n'y ient plus, pose son fusil et s'en va courbé en deux.)

GODEFROY, imitant Gottlieb

Gôlique ! Gôlique !
(Ils boivent. Jolibois allume sa pipe.)

GEORGET

N'est-ce pas que je ferais une bonne petite femme de ménage ?

GOTTLIEB

Si fu fulez je fous emmènerai en Autriche, dans mon pays, abrès la guerre.

GEORGET

Oh ! Monsieur ! le cantinier !...

GOTTLIEB

Fus répontez pas ?

GEORGET

Nous irons tous, dans votre pays.

GOTTLIEB

Ya ! Ya ! Touss ! Touss !

GEORGET, s'oubliant

Tous ! sacrebleu !

GOTTLIEB, riant

Elle chure !

JOLIBOIS, bas

Attention, Georget, tu vas te griser !

GOTTLIEB

Tu sais, che ne suis bas marié !

GEORGET

Moi non plus !

GOTTLIEB

Che suis carçon !

GEORGET

Moi aussi !

GOTTLIEB

Garçon, ya ! ya !

(Il lui prend la taille. Georget oublie son role de femme peu à peu pour prendre des allures, des poses d'homme.)

GEORGET

Monsieur le cantinier, soyez sage !

GOTTLIEB

Nein ! Nein !

(En riant, Gottlieb ouvre une bouche énorme ; Georget lui jette des dragées dedans, il étrangle.)

GEORGET, à Jolibois, en lui tendant le verre de Gottlieb

La cendre de ta pipe.

(Jolibois obéit.)

JOLIBOIS

Ça y est !

GEORGET, tendant le verre à Gottlieb

Pour faire descendre les dragées.

GOTTLIEB, buvant

Ya ! Ya ! C'est pas la même, mais elle est meilleure ! Che foutrais pien fus embrasser !

GEORGET

a du monde !

GOTTLIEB

Encore un verre!
(Georget tire sa pipe et se prépare à la bourrer.)
Elle vume !

GEORGET, gris

Mille tonnerres ! J'ai oublié mon tabac et mon briquet

GODEFROY

Il est gris, le petit malheureux !

GOTTLIEB

Che fous tonne mon tabac et mon priquet... Voulez-vous mon bibe... Che me tébouille !

GEORGET, à part

Il se tébouille, ya ! ya !

GODEFROY

Un pélican !

JOLIBOIS, qui a essayé de fouiller dans les poches du cantinier. A Godefroy

Je ne peux pas. Il bouge tout le temps.

GODEFROY

Cantinier, ne bougez plus ! je fais votre portrait.

JOLIBOIS

En Pélican, c'est ça !

GOTTLIEB

Nein ! nein ! pas en Bélican, mais en croupe !

GODEFROY, étonné

En croupe ?

JOLIBOIS, étonné

En croupe ?

GEORGET

En croupe ? (Ils cherchent.)

GOTTLIEB

Qu'est-ce que vous cherchez ?

GEORGET, JOLIBOIS, GODEFROY.

Le cheval !

GOTTLIEB

Mais non... en croupe avec la chôlie fille... en croupe !

GEORGET

En groupe ! ah ! ah ! oui, en groupe !

JOLIBOIS, à Godefroy

Pendant ce temps-là, je fouillerai dans ses poches.
(Jolibois cherche dans les poches.)
(Gottlieb lutte contre le sommeil.)

GEORGET

Regardez-moi, cantinier, souriez... là, comme ça... la tête haute... ouvrez les yeux... Non ! les yeux... pas la bouche.

GODEFROY

Très bien. Ne remuez plus maintenant.

JOLIBOIS, tirant la clef

Je la tiens !
(Gottlieb s'endort. Frantz se tord, les mains sur le ventre, et fait des grimaces affreuses, il sort en courant.)

GEORGET

Il s'endort, mais l'autre peut revenir !

JOLIBOIS

Hâtons-nous !
(Georget descend.)

SCÈNE VI

LES PRÉCÉDENTS, MICHEL, GÉRARD

GEORGET, remontant

Venez, venez !

MICHEL

Georget !... mes braves amis...

JOLIBOIS

Vite ! vite ! Partons !

GÉRARD

Nous sommes blessés... nous vous ferions prendre... Nous fuirons seuls ou nous resterons !

JOLIBOIS

Soit ! là, là !... par les ruines...

JOLIBOIS

Envolés, les oiseaux.

GODEFROY

Faisons comme eux.

(Ils se dispersent de divers côtés.)

GOTTLIEB, dormant

Chôlie ! Elle est bien chôlie !...

(Frantz rentre, pousse un profond soupir de soulagement et reprend sa faction. Tout à coup il aperçoit Gottlieb endormi et va lui frapper sur l'épaule.

FRANTZ

Les prisonniers évadés.

(Gottlieb se réveille et aussitôt debout reprend la pose de son portrait, puis s'aperçoit qu'il est seul...)
(Il voit la porte du cellier restée ouverte.)
(Il descend, constate la disparition des prisonniers, remonte.)

GOTTLIEB

Mes 500 thalers ! Aux armes ! Aux armes !...
(Il tire un coup de fusil en l'air.)
Aux armes !!

SCÈNE VII

GOTTLIEB, FRANTZ, LE GÉNÉRAL, UN SOUS-OFFICIER, SOLDATS, puis MARIE et MADELEINE

GOTTLIEB, tremblant et montrant le cellier

Che suis anéanti.

UN OFFICIER, au général

Les prisonniers évadés.

LE GÉNÉRAL, désignant Gottlieb et Frantz

Enfermez cet ivrogne. Désarmez ce soldat !... Amenez-moi les deux femmes que l'on garde dans le camp, je vais bien voir si elles m'ont menti !
(Entrée de Madeleine et de Marie.)

LE GÉNÉRAL

Approchez !... (Montrant le cellier ouvert.) Les prisonniers se sont évadés.

MADELEINE

Libres ! Marie ! Ils sont libres !

LE GÉNÉRAL

Votre joie vous trahit, vous ! (Aux soldats.) Prévenez tous les postes !
(Les soldats sortent.)

MADELEINE, riomphante, à Marie

Ah ! malgré leur faiblesse, malgré leurs blessures, ils ne les reprendront pas !

LE GÉNÉRAL

Vos fils, n'est-ce pas ?

MADELEINE, transportée

Oui ! oui ! Tout à l'heure vous m'avez forcée à les renier et j'en ai rougi comme si je venais de commettre une faute... Cela se voit donc que je suis heureuse, dites ?.... Libres !.... (S'adressant aux frères, au lointain, comme s'ils pouvaient l'entendre.) Allez, mes enfants, allez ! Ne vous arrêtez pas tant que vos forces vous soutiendront. Gagnez la forêt... la forêt où est le salut ! où je saurai bien vous rejoindre !... Il me demande si ce sont mes fils ? Ah ! je n'ai plus peur pour eux, et je suis assez orgueilleuse d'être leur mère pour vous le dire maintenant... Leur mère ! c'est à moi, ces deux beaux et braves garçons si doux et si forts... à moi ... et je voudrais le crier au monde entier, tant j'en suis fière !...

LE GÉNÉRAL

Les frères Hubertal !... J'en étais sûr ! (Aux soldats.) Morts... ou vivants, il me les faut !

MARIE, effrayée

Ah ! Madame, vous l'avez entendu ?

MADELEINE, calme

Sois tranquille !... Je te dis qu'il ne les reprendront pas !

LE GÉNÉRAL

Nous verrons bien ! (A un sergent, écrivant.) Capitaine... vous allez faire crier dans le camp, dans le village, dans les carrefours de la forêt, l'ordre que voici. — Ils ne peuvent être loin. Allez !... (L'officier sort. — A Madeleine.) Et si on ne les trouve pas tu payeras pour eux !

MADELEINE, le bravant

Avec joie ! oh ! avec joie !! Je mourrai en souriant, car je ne verrai pas la mort. Entre elle et moi il y aura mes fils et tu auras beau faire, tu ne m'empêcheras pas, quand je tomberai, detomber dans leurs bras !

(Appel des trompettes dans la coulisse.)

LE GÉNÉRAL, à Madeleine.

Ecoute !

L'OFFICIER, dans la coulisse

« Ordre du Général ! Si, avant demain, les frères Hubertal ne se constituent pas prisonniers, leur mère sera passée par les armes ! »

MARIE

S'ils entendent... ils sont perdus... car ils se livreront !... Et s'ils ne reviennent pas... c'est vous ...

MADELEINE, heureuse

Mourir pour ses enfants... c'est leur donner deux fois la vie !

MARIE

Oh ! Madame !...

MADELEINE

Tu leur diras que je n'ai pas tremblé... Que je n'ai pas baissé le front... Tu leur diras que je suis morte... comme une Française... Oui, cela surtout... une vraie Française....

LE GÉNÉRAL

Si tu connais leur retraite, tu peux sauver ta vie !

MADELEINE, haussant les épaules

En les livrant?.. Eh bien ! vous êtes encore naïfs dans votre pays !

(Michel et Gérard, appuyés l'un sur l'autre, apparaissent en haut des ruines, cachés aux soldats qui tournent le dos, visibles pour Marie et Madeleine. Marie les voit la première. En même temps, appel de trompettes et la voix plus lointaine.)

SCÈNE VIII

LES PRÉCÉDENTS, MICHEL, GÉRARD, cachés

MARIE, avec un cri étouffé

Madame!... ah!... voyez!...

MADELEINE

Malheureux!.. ah! je ne veux pas!

LE GÉNÉRAL, aux soldats

Emmenez-la!..

(Michel et Gérard descendent. Madeleine tend les mains vers ses fils comme si elle implorait le Général, les fils s'arrêtent et restent cachés,)

MADELEINE

Non! Non! Pas encore! Pas encore!... Arrêtez! arrêtez! Non, Monsieur, par pitié! Je vous ai bravé tout à l'heure... je vous demande grâce maintenant!

LE GÉNÉRAL

Vous voilà bien changée!

MADELEINE

Oui! je faisais la courageuse... comme cela... sans penser à rien... parce que... je... ah! j'ai peur, Marie... oh! comme j'ai peur!!

LE GÉNÉRAL

Que vos fils reviennent et vous êtes libres!

(Il se tourne vers les soldats pour donner un ordre. Même jeu de Madeleine vers ses fils, comme si elle s'adressait au Général.)

MADELEINE, à ses fils qui se montrent

Pitié! Pitié! Pas encore! Pas encore!! (Au général.) Pitié, Monsieur, ne m'emmenez pas, ne me faites pas mourir... Grâce pour moi, grâce!

LE GÉNÉRAL

Vous savez à quel prix?...

MADELEINE

Oui, je sais... pourtant je voudrais vous dire... Mes fils étaient vos prisonniers... Chez nous, vos prisonniers, on ne les tue pas... Quand ils sont malades, on les soigne... Pourquoi ne pas faire pour des Français ce que des Français font pour vous?... Mes fils servaient leur pays. C'était leur droit!

LE GÉNÉRAL

Ils n'étaient pas soldats!

MADELEINE

La guerre ne répudie pas toute humanité. La guerre, c'est la barbarie aussi longtemps que l'on combat, mais c'est la pitié divine, dans l'intervalle des batailles!...

LE GÉNÉRAL

Finissons-en? emmenez-la!
(Les soldats s'avancent.)

MADELEINE, se débattant

Non! arrêtez!.. (A Marie.) Ils sont perdus! Ah! Dieu, que lui dire? Une minute, encore une minute... Comment faire pour les empêcher... Ah! voyons... Ecoutez, Monsieur... je réclame leur vie... oui, je la réclame parce qu'elle m'est due..

LE GÉNÉRAL

Elle vous est due, et pourquoi?... Qu'avez-vous fait?

MADELEINE

Que vais-je dire?... Ah! c'est abominable! Non... non... je ne pourrai jamais...

MARIE

Ah! Monsieur! je ne sais pas ce qu'elle va vous dire, mais ne la croyez pas! Elle a été toute sa vie la plus douce et la plus aimante, la meilleure entre toutes!

MADELEINE, presque folle

Vous voulez qu'ils se livrent, n'est-ce pas, c'est à eux que vous tenez, non à moi? Eh bien, ils ne se livreront pas, quand bien même je devrais mourir, parce que je ne suis plus la mère qu'ils ont toujours connue, la mère qu'ils ont aimée; parce que ce serait un dévouement inutile... parce que leur vie, vous ne pouvez pas me la refuser !

LE GÉNÉRAL

Pourquoi ? Encore une fois, parlez !

MADELEINE

Savez-vous qui l'on accuse d'avoir livré Verdun à vos alliés ?

LE GÉNÉRAL

Une femme, a-t-on dit ?

MADELEINE

Une malheureuse qui possédait un secret confié par ses fils et qui, en vendant ce secret, a empêché les secours d'arriver à temps pour sauver la ville...

LE GÉNÉRAL

C'est bien en effet ce qui s'est passé.

MARIE

Madeleine !

MADELEINE

Cette femme, si elle était devant vous et si elle vous disait : « Payez-moi de mon crime... ! »

LE GÉNÉRAL

Vous !

MADELEINE

Si elle vous disait : « Donnez-moi la vie de mes fils en gratitude du service que je vous ai rendu ! »

LE GÉNÉRAL

Vous?

MADELEINE

Moi !

LE GÉNÉRAL

Ainsi, vous avez livré Verdun?

(Madeleine ne répond que par signes.)

Pour de l'argent?

MADELEINE

Ah!...

(Elle se jette dans les bras de Marie avec un cri d'horreur.)

LE GÉNÉRAL

Vous ne mentez pas?

MADELEINE

Ah ! si vous croyez que je mens, le pays tout entier vous dira que c'est moi que l'on accuse... moi !... Interrogez autour de vous parmi les Français... Ils ont voulu me massacrer... J'ai vécu de racines et d'herbes pour leur échapper. Ils ont incendié ma maison... et mon mari s'est tué en apprenant mon infamie!

LE GÉNÉRAL, à Marie

Ce que dit cette malheureuse,... est-ce la vérité ?...

(Marie, dans une détresse profonde, reste silencieuse.)

LE GÉNÉRAL, plus doucement

Répondez, mon enfant !

MARIE

Faites grâce, Monsieur, car celle-là est une mère devant qui chacun de vous devrait s'agenouiller!

(Elle glisse aux genoux de Madeleine et pleure.)

SCÈNE IX

LES PRÉCÉDENTS, MICHEL, GÉRARD

(Les deux frères descendent lentement des ruines où ils étaient cachés pour les soldats. On les aperçoit.)

MICHEL

Général, nous avons entendu votre ordre, nous voici !

MADELEINE, reculant toujours devant ses fils qui, lentement, viennent à elle.

Epargnez-moi... Vous avez horreur... Oui... mais ne me dites rien... Acceptez la vie qu'on vous offre... et fuyez loin de moi... en m'oubliant... bien loin... bien loin...

MICHEL

(Ils l'entourent de leurs bras avec tendresse.)
Toi qui n'as jamais failli, ni comme fille....

GÉRARD

Ni comme femme... ni comme mère...

MICHEL

Toi qui nous a bénis avec tout ton amour...

(Ils la câlinent.)

GÉRARD

... Tu as douté de nous ?

MADELEINE, folle de joie, en sanglots

Ils ne me croient pas !... Ah ! mes petits !... mes petits !! (Revenant à elle.) Mais alors... ils sont perdus !

MICHEL

Mère, si tu ne veux pas que l'on accuse tes fils de partager le prix d'une trahison...

MADELEINE

Non ! Non ! Moi seule...

GÉRARD

Si tu ne veux pas que l'on dise de nous : Voilà ceux qui seraient morts si leur mère n'avait pas vendu son pays...

MADELEINE

Non ! non ! pas cela !

MICHEL

Si tu ne veux pas de cette infamie... sur toi... sur nous... pour jamais... Va, maman, va crier à cet homme que tu lui as menti !

MADELEINE

Pour vous, c'est la mort !

GÉRARD

C'est ton innocence, éclatant comme un triomphe !...

MICHEL

Ton innocence, car on dira de toi : Elle était accusée d'un crime et plutôt que de s'en reconnaître coupable elle a mieux aimé laisser mourir ses fils !

MADELEINE

Je n'aurai pas la force... je ne peux pas...

MICHEL ET GÉRARD, le conduisant

Viens, maman... viens avec nous...

MADELEINE, au Général, défaillante

Prenez-les donc, Monsieur, je vous ai menti !!
(Elle tombe à genoux.)

LE GÉNÉRAL, aux soldats

Que dans un quart d'heure tout soit fini !

MADELEINE

Dieu vous châtiera avant qu'un pareil forfait ne s'accomplisse !

LE GÉNÉRAL

Dieu est avec nous !
(Tumulte.)

MARIE

Peut-être... Ecoutez!.. (On entend un grand bruit lointain de canonnade et de mousqueterie et les accents également très lointains de la Marseillaise.)

MADELEINE

Dieu est avec toutes les mères, et toutes les mères, toutes, vous maudiront !... Et c'est une mère qui vous le dit... Vous ne méritez pas de vaincre et vous serez vaincus...
(Un soldat vient et parle bas à l'officier.)

UN OFFICIER

Général, nos avant-postes viennent d'être surpris et se replient... La position des Islettes est attaquée... Les nôtres demandent du secours !

LE GÉNÉRAL

En avant, Messieurs, et donnons de la besogne à ces savetiers... (A Madeleine.) C'est Dieu qui va décider du sort de vos fils, Madame. Vainqueur, je leur fais grâce !... Vaincu, je les ferai fusiller...

MICHEL, à sa mère

Mère ! va prier pour qu'ils soient vaincus !
(On les entoure.)

RIDEAU

8e TABLEAU

JOURS DE GLOIRE

LA COUR DE LA FERME

Au fond, au 4e plan, un mur qui s'écroule. — Une porte charretière à gauche. — Le mur se continue à gauche jusqu'au 2e plan. Au 1er plan gauche, arbres. — Au 1er plan droite, la maison avec un perron et les marches face au public. — Un banc adossé au perron. — Au 3e plan : arbres, fond de forêt.

SCÈNE PREMIÈRE

MARCEAU, LES VOLONTAIRES, puis LES AUTRICHIENS, GEORGET

MARCEAU

Camarades, la maison de l'aveugle à qui l'armée devra son salut. Jusqu'au dernier, mourez pour la défendre.

NESTOR, haussant les épaules

C'est bon, pas tant de façons on mourra.
(Détonations, un boulet abat le mur.)

MARCEAU

Ah ! Ah ! ils reviennent en forces.

(On aperçoit les Autrichiens en haut du praticable.)

MARCEAU

Dix contre un. N'importe, chacun de vous en vaut dix.

Formez-vous... Le premier rang à genoux... Ne tirez qu'au commandement...

NESTOR, à Marceau

Ah ! tu veux de la gloire, gamin ; eh bien nous allons t'en foutre !

MARCEAU

Du calme ! mes enfants, du calme. Joue... feu... En avant à la baïonnette... En avant !...

(Mêlées sur les praticables, la charge bat dans le lointain, incessamment. Le drapeau est au milieu des soldats. Les Français, repoussés, retraversent le fond vers la droite du spectateur poursuivis par les Autrichiens. Georget apparaît, ajuste un soldat autrichien.

NESTOR, blessé, le drapeau à la main

A moi !... Au drapeau !...

(Il chancelle.)

(Georget accourt et reçoit le drapeau.)

NESTOR

Tiens, petit, défends-le bien !... (Il embrasse le drapeau.) Si ça ne fait pas pleurer.

(Il tombe et meurt.)

GEORGET

Oh ! oui... je le défendrai !... (Des Autrichiens apparaissent.) Et voilà le moment, Georget !... (Il tire son sabre, les soldats l'attaquent, l'un d'eux s'enferre et tombe.) A toi !... Ah !... (Il est désarmé, un soldat se jette sur le drapeau. Ils se culbutent, roulant l'un sur l'autre.) Non tu ne l'auras pas ; brise-moi les poignets, je te dis que tu ne l'auras pas... Grand'maman... A moi, grand'maman, j'étouffe... Il m'étrangle ! Grand'maman, le drapeau !

MARIANNE, apparaissant

(Elle s'empare d'une hache et d'un pas lent et lourd s'avance vers Georget. — Elle frappe.) Tiens !

GEORGET

Il était temps... Ah ! grand'maman, tu m'as sauvé !...

SCÈNE II

GEORGET, MARIANNE

MARIANNE

Oui, je crois que je viens de te donner tout ce qui me restait de forces... méchant, ingrat... qui nous as quittés.

GEORGET

Grand'maman ?... (On entend la fusillade qui se rapproche. Georget tend le poing vers le tumulte lointain.) Ah ! taisez-vous, taisez-vous donc !... N'aie pas peur, grand'maman, ils sont loin.

MARIANNE

Ce qui m'a rendue malade, vois-tu, c'est l'arrivée de ces hommes, qui ne sont pas de chez nous... et ce qui me tuera, c'est d'avoir envoyé ton grand-père au milieu d'eux.

GEORGET, effrayé

Grand-père n'est pas revenu ?

MARIANNE

Il ne reviendra plus... Alors, comme je lui avais dit : « Je ne serai pas longtemps à te rejoindre, » eh bien, j'y vais, j'y vais !...

GEORGET

Grand'maman, ne dis pas ça, je ne veux pas.

MARIANNE

Viens, tout près, tous près... Prends-moi dans tes petits bras.

GEORGET

Je t'assure, bientôt, nous serons heureux ; ces vilaines gens vont partir de chez nous et je reviendrai... Je ne te quitterai plus... et nous irons encore nous promener ensemble comme autrefois.

MARIANN

Les dimanches après vêpres.

GEORGET

Quand tu mettais ton beau bonnet de dentelles...

MARIANNE

Et que je te chantais tout le long du chemin des chansons qui t'amusaient tant... des bonnes vieilles chansons qui venaient de ma grand'mère, à moi... (Tumulte au loin.) Ah! cela me fait mourir...

GEORGET

Grand'maman... (Tourné vers la fusillade, parmi laquelle on entend parfois, très loin, rapidement, quelques accents de la Marseillaise.) Ah! mais ils ne se tairont donc pas!

MARIANNE

Oui, leur chant est terrible... Je ne l'avais jamais entendu. J'aime mieux les airs que nous t'apprenions avec ton grand-père, t'en souviens-tu, mon gentil petit?

GEORGET, pleurant

Oui, grand'maman.

MARIANNE

Chante, je ne penserai plus, je me croirai toujours heureuse...

GEORGET, chante, en la berçant dans ses bras, à travers ses larmes (La chanson de la mariée.)

Nous sommes venus vous voir
Du fond de not'village
Pour vous souhaiter ce soir

Un heureux mariage
A monsieur votre époux
Aussi bien comme à vous.

MARIANNE

Et puis : Gentil coquelicot... Comment l'air, déjà?... (Georget pleure.) Ne pleure pas, mignon, endors... endors ma vie qui s'en va...

GEORGET, chante à travers ses larmes

J'ai descendu dans mon jardin
Pour y cueillir du romarin,
Gentil coquelicot, Mesdames,
Gentil coquelicot, nouveau...

(Un temps.)
(On entend la Marseillaise au loin.)

MARIANNE

Mon vieux Guillaume est mort. (On entend le tumulte d'une troupe victorieuse qui se rapproche : tambours.)

GEORGET, transporté

La victoire!... Ecoute... C'est la victoire... et si nous les avons battus, c'est à grand-père que nous le devons.

MARIANNE

C'est moi qui l'ai tué.
(Elle s'affaisse, Georget tombe à genoux.)

SCÈNE III

LES PRÉCÉDENTS, SOLDATS, TAMBOURS, AUTRICHIENS. PRISONNIERS, VAUNOISE, MARCEAU, LEMOINE, CHALOPIN, MERLOT, FRICARD, DOLIGNAC, GODEFROY, JOLIBOIS, MARCADIEU, MARIE, GERARD, MICHEL, GUILLAUME, foule, hommes, femmes, MADELEINE

MARCEAU

Halte !...

MADELEINE, entrant, à ses fils

Oh! j'ai prié pour qu'ils soient vaincus et je vous retrouve vivants...

LES SOLDATS

Madeleine Hubertal ! Celle qui nous a trahis. A mort ! A mort !

(Ils s'élancent sur elle, malgré ses fils, un peloton se forme devant elle, douze hommes sur deux rangs, armés comme pour l'exécuter.)

MICHEL

Marceau, un pareil crime devant toi ?

GÉRARD

On nous tuera plutôt tous les trois.

MARCEAU

Arrêtez !

MADELEINE, à Marceau

Ah! qu'ils me tuent. (Aux soldats.) Oui, tuez-moi, car je ne veux pas plus longtemps de cette torture! tuez-moi, puisqu'il n'y a personne ici pour me défendre, pour vous crier mon innocence, personne ! personne !

VAUNOISE, s'avançant

Moi ! (A Marceau) Votre prisonnier.

MADELEINE, GÉRARD, MICHEL

Ah !

MARCADIEU, se débattant

Bousculez pas ?... Je porte une futaille pleine, moi !...

VAUNOISE

Le traître qui, sous un déguisement de femme, a livré Verdun (montrant Marcadieu) c'est le colporteur Marcadieu.

GODEFROY

Nous avions l'œil sur lui.

JOLIBOIS

Et nous venons de le trouver détroussant les cadavres.

MARCEAU

Une preuve ! Le secret de nos renforts a été livré à un parlementaire.

VAUNOISE

Ce parlementaire, c'était moi !

MARCEAU

Garde à vous... Peloton... demi-tour, droite, déliez-le.

MARCADIEU, on le délie. — Aussitôt délié, Marcadieu se détourne pour s'en aller. — En se détournant

Me v'la tiré d'affaires.
(Il se frotte les mains.)

MARCEAU, bref

Apprêtez armes... joue !... feu !... (Détonation. Marcadieu tombe.) Dans le dos, comme un traître...(Aux soldats en montrant Madeleine). La mère de pareils fils ne pouvait être coupable.

MADELEINE, entre ses fils

Ah ! mes enfants, pourquoi votre père n'est-il pas là pour l'entendre ?...

MARCEAU, à Vaunoise

Citoyen, je te donne la liberté.

VAUNOISE

Et moi, ma vie ; prends-moi comme soldat.

MARCEAU

J'accepte. (Lui donnant la main.) Ce n'est pas trop, pour nous défendre, de mêler ensemble tout le sang de la France. (Il lui tend la main. On entend sonner gaîment les cloches du lointain. Guillaume paraît, appuyé sur Marie.)

GUILLAUME

Sonnez, vieilles églises !... Sonnez en allégresse !... pour la délivrance.

TOUS

L'aveugle qui nous a sauvés.

GUILLAUME

Moi ?... non... C'est à ma vieille Marianne que vous devez votre salut.

GEORGET

Grand'maman, voilà grand-père...

MARIANNE, très faible

Lui !... Lui ! ! (Elle se soulève avec l'aide de Madeleine et de Georget et elle tend les mains vers Guillaume.) Ah ! vivre !... vivre !..

GUILLAUME

Ma bonne Marianne, où es-tu donc ?

MARIE

Elle te tend les bras...
(Il a traversé la scène.)

MARIANNE, tremblante

Mon vieux Guillaume !...
(Ils s'étreignent.)

GUILLAUME

Ma bonne vieille !
(Pendant que les deux vieux s'embrassent, Georget est allé reprendre le drapeau et l'apporte sans mot dire à Marceau.)

MARIE

Michel !

MICHEL

Marie !..

GÉRARD

Va, Michel, et dis-lui que tu l'aimes...

MICHEL

Gérard !

GÉRARD

Va ! je le veux !

GUILLAUME

C'est égal. Je ne suis pas fâché tout de même d'avoir sauvé ma peau.

MARCEAU

A vos rangs !

GEORGET, avec le drapeau

Commandant, c'est grand'maman qui l'a sauvé.

MARCEAU

Bataillon. Portez armes. Présentez armes ! (Prenant le drapeau.) Pour ces héros ! pour ceux-là qu'on oublie ! Tambours ! au drapeau !

(Les cloches sonnent. Les tambours battent; le drapeau s'incline devant Marianne et Guillaume enlacés.)

RIDEAU

Poitiers. — Imprimerie Blais et Roy, 7, rue Victor-Hugo, 7.

www.ingramcontent.com/pod-product-compliance
Ingram Content Group UK Ltd.
Pitfield, Milton Keynes, MK11 3LW, UK
UKHW021005230726
13924UKWH00009B/1719